刺客の爪

無茶の勘兵衛日月録5

浅黄 斑

時代小説

二見時代小説文庫

刺客の爪——無茶の勘兵衛日月録5

目次

越前松平家関連図（延宝３年：1675．7時点）

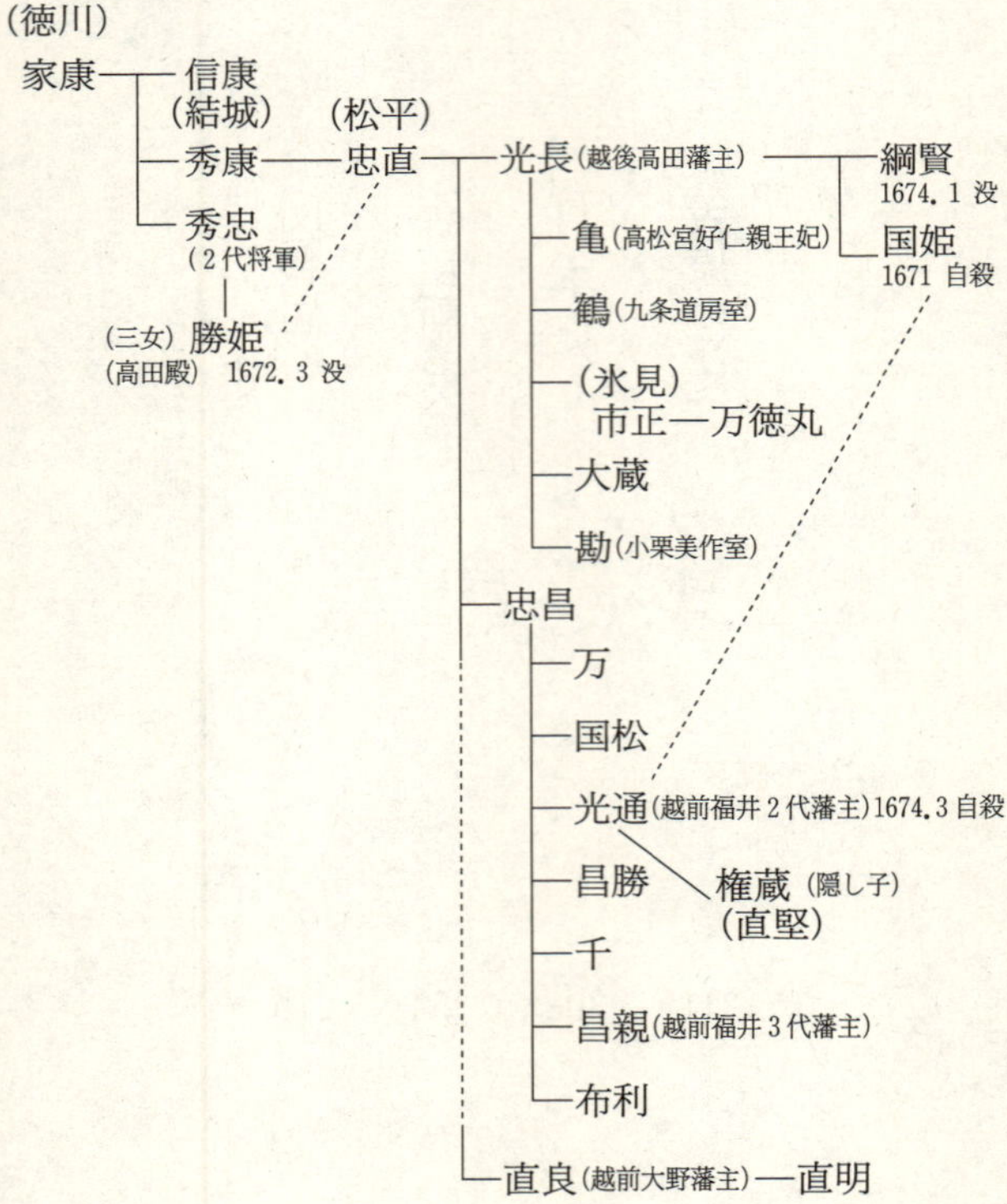

榧《かや》の屋形

1

落合藤次郎《おちあいとうじろう》が和州に入ってから、はや十ヶ月ほどが過ぎた。

和州すなわち大和《やまと》の国は、奈良盆地に大和高原、宇陀に吉野、と四つの地域に大別できる。

とりわけ奈良盆地は、いにしえに朝廷が置かれた土地柄から国中《くになか》とも呼ばれ、大和国の中心部であった。

今、藤次郎は大和郡山《こおりやま》にいる。

昨年のこと、大和郡山藩に仕官を得て、故郷の越前大野《えちぜんおおの》から江戸に出た藤次郎を待っていたのは、目付見習、という役であった。

さっそくに初仕事を与えられ、直《ただ》ちに江戸を発《た》って、この大和郡山に入ったのである。

だが、それは、どうやら大和郡山藩士として、おおっぴらに行動できぬ役目のようだった。

目付見習の役名からはほど遠い、まるで隠密めいた仕事なのだ。

つまり密命の下《もと》に藤次郎は身分を隠し、この十ヶ月を過ごしてきた。

その事情についてはおいおい明らかにすることにして、まずは大和郡山の地誌のようなものを語っておこう。

大和郡山は国中、平城京と斑鳩《いかるが》の間にあって、矢田丘陵と西ノ京丘陵の間を富雄川《とみおがわ》が南流する、という地形を利用して城下町が形成された。

この地に本格的な城が築かれるのは天正八年（一五八〇）、筒井順慶《つついじゆんけい》が織田信長より大和国の守護を命じられたことにはじまる。

その後、百十六万石の大大名として豊臣秀長《とよとみひでなが》（秀吉の弟）が大和郡山城主となったとき、城の東に城下町を集約し、城下繁栄のために専売権と地子免除（無税）の黒印状を与えた十三の町が形成された。

たとえば藺町《いのまち》、茶町、豆腐町、材木町などなど、この草分けの城下町は〈箱本《はこもと》十三町〉と呼ばれることになる。謂《い》われは、黒印状が大切に文箱にしまわれたことに由来するのだろう。

さて秀長の郡山城入城から九十年がたつ延宝三年（一六七五）、その間に天下を変え、城主を替えながらも郡山は大和の中心地となり、その城下町は、さらに南へと広がりを見せていた。

だが依然として城下の中心が〈箱本十三町〉であることに変わりはない。いわば目抜きだ。

その十三町のうちでも、ひときわ異彩を放つ町がある。

街路の中央に、掘割水路が流れている。

紺屋町《こうやまち》といって、土地《ところ》のひとたちは縮めて〈こやまち〉と呼びならわす。名のとおり、およそ百二十間（約二二〇メートル）ほどの長さの町に三十軒近い紺屋や職人の家が建ち並んでいる。掘割水路は藍染め布を晒《さら》すためのものであった。

［柳屋］は、そのうちでも五石（九〇〇リットル）入りの藍瓶《あいがめ》を二十基も備える紺屋の大《おお》店《だな》である。

その［柳屋］の二階から、厚く頑丈な階段板を踏みしめて、二人の武士が下りてきた。

一人は、前髪を下ろしたばかりかと思えるほど若く、丸いながらにやや吊り上がった目が、いかにもやんちゃそうな印象の若侍であった。

落合藤次郎、十七歳である。

もう一人は、もう頭髪の八分方が白いという老武士。小柄で、どこか飄逸《ひょういつ》な感じがする。

名を日高信義《ひだかのぶよし》といって、大和郡山藩筆頭家老、都筑惣左衛門《つづきそうざえもん》の用人《ようにん》であった。

藤次郎が、広縁から土間に下りようとしたとき、ぷんと藍独特の香りが鼻についた。

今はもう、この匂いにも、すっかり馴れたが、特に藍の葉を醗酵させて蒅《すくも》に仕立てるころに出る匂いは強烈で、まことに辟易《へきえき》させられた。

「やあ、神崎《かんざき》さま、きょうもお出かけでございますか」

工房を兼ねた広い土間へ下りた二人に、［柳屋］のあるじの甚左衛門《じんざえもん》が声をかけてきた。

そう、二人は変名を使っている。

大和見物のために江戸からきた旗本の隠居に、付き添いの孫ということになっていた。

二人が、そのような触れ込みで、この［柳屋］に寄留するにあたっては、大和郡山藩の国家老である梶金平《かじきんぺい》が労をとった。

この地では梶一人だけが日高と藤次郎の身分や、その役目のことも知っている。

「うむ、まことに大和は、まほろばの国……。古刹《こさつ》も数知れずあれば、草木の一本一本までもが由緒ありげに見えて、とても見物しきれるものでもないのだがな。そのうちには、高野山《こうやさん》にも詣でたいと思っておるのじゃ……」

と日高老人は答えた。

なにしろ十ヶ月に及ぶ長逗留で、まだまだ長引きそうなのだ。

その間には十津川郷にひと月、斑鳩に十日、などと度《たび》たびの小旅行も交えて、二人はほとんど外出ばかりしている。

大和見物の口実は、二人にはもってこいのものであった。

とはいうものの、今は梅雨の季節で雨続きだ。それを押して連日出かける自分たちを奇異とは思わないか、と少しばかり藤次郎は気にしていた。

しかし、雨だからといって怠《おこた》るわけにはいかない事情がある。

「きょうは、どちらをご見物で？」

「さよう。窪田村まで足を伸ばそうかと思うてな」

気さくに答えた日高に、

「はて？　窪田村に、なにか見物するようなところがございましたか」

柳屋甚左衛門が首をかしげる。

「なんでも、蛍の名所が窪田村にあると聞いたのだが……。幸い、きょうは珍しく上天気で、天候も崩れそうにはないからな」

「ああ、そういえばきょうは、まだ梅雨明けには早うございましょうに、珍しくすっきりと晴れ渡ってございます。なるほど、窪田村の蛍の名所といえば下池《しもいけ》でございますな。そうですか。いや、もう蛍の出るころになりましたか」

ときは五月も半ば、あと少しで梅雨も明けようか、という時期であった。

「では、お気をつけて、行ってらっしゃいまし」

「うむ。帰りは少し遅くなるかもしれんが、よろしく頼む」

藤次郎のほうは無言のまま甚左衛門に、ぺこりと頭を下げてから［柳屋］を出た。

如才ない日高にくらべ、藤次郎は無口な若者だと思われている。

故郷の大野弁が出て怪しまれぬために、極力口を開かぬように努力しているためだ。

掘割水路の通る町並みの風情は、水の里とも呼ばれる故郷の大野を思わせて、藤次郎には居心地がよい。

その水路は、西方の城の濠から引かれている。

水路の上流に向かうと、柳町通りに出る。

高だかと石垣を積んだ天守台に建つ本丸が、午後いちばんの陽光を真上から受けて、藤次郎たちを見下ろしていた。

だが、その城は、このところ不穏な空気に包まれている。

それもそのはず、城には今、二人の城主がいるのであった。

前代未聞のことである。

藤次郎たちに与えられた密命も、そのことに大きな関わりがあった。

2

柳町の大門をくぐり、藤次郎たちは柳町通りを南に下った。

このあたりは柳村といって、かつては限りなく田園が広がっていたところだが、今は殷賑《いんしん》な城下町となって、ずっと南の方角へ商路を伸ばしている。

「御上《おかみ》のご出府は、九日後のことでございましたな」

「うむ。二十五日が大安じゃからと、その日を選ばれたようじゃ。そのころには、梅雨も明けておろうしな」

「それまでには、まいりましょうな？」

「さて……なんとも言えぬのう」

藤次郎が決めつけるように言うのに、日高はのどかに答えた。

「しかし……。なんらかの連絡《つなぎ》を取るとすれば、あそこしか……、それもあと九日でございますから」

なおも藤次郎は、勢い込んでいた。

藤次郎が口にした御上とは、大和郡山藩の藩主で、本多《ほんだ》中務大輔《なかつかさたいふ》政長《まさなが》のことである。藤次郎には主君であった。

中務大輔は昨年の夏に国帰りしたが、間もなく参勤で出府をする。その出発日が九日後に迫っていた。

ところで先に書いた、もう一人の城主というのは本多出雲守《いずものかみ》政利《まさとし》といって、こちらは、この五月朔日《さくじつ》に国帰りしてきた。

中務大輔は城の本丸に、出雲守は二ノ丸を住居にしているが、ひとつ城に二人の城主が住んでいる、という異常事態なのである。

いったい、どうしてそんなことになったのか――。

いわゆる郡山騒動、あるいは九・六騒動とも呼ばれた、御家《おいえ》騒動の結果であった。

ことの起こりは、これより三十七年前に姫路城主であった本多政朝《まさとも》の病死にはじまる。

政朝には二人の男児があったが、ともに幼かったため、嫡子が成人したときには家督を返す、という約束で従弟の政勝《まさかつ》に家督が預けられた。

幕府もこれを認め、姫路から大和郡山に国替えとなった本多政勝だったが、政朝の嫡子である政長が成人しても、一向に家督を返そうとしなかった。

それどころか、政勝は大老の酒井《さかい》忠清《ただきよ》に取り入って家督を簒奪《さんだつ》し、これを我が子の政利に相続させようと画策をはじめた。

ここに本多家を二分する争いが起こり、長い闘争が続くことになる。

政勝の死後も闘争は収まるどころか、ますます激化していって、ついに幕府が裁定に乗り出した。

結果は、世間を、あっと言わせる。

十五万石の大和郡山藩を二つに分けて、正嫡の中務大輔政長に九万石、本来であれば相続権のない出雲守政利に六万石、という途方もない裁定であった。

庶流が、嫡流の領地を奪い取ってしまったのだ。

このあたり、江戸城下馬先門《げばさきもん》に屋敷があるため〈下馬将軍〉とも呼ばれる時の権力者、酒井大老の面目躍如といったところか。

だが、この裁定で、騒動が終焉《しゅうえん》を迎えたわけではない。

表面上は落ち着いたかに見えて、火種は奥深いところでくすぶっている。

それも無理はない。

国は二分されたが、城はひとつ――。

そこに陰湿な争いが起こるであろうことは、誰の目にも明らかであった。

さすがに両者の参勤交代の年をずらす、という方策を幕府はとったが、今回のように、二人の城主が同じ城中で鉢合わせをする、という異常事態が、毎年繰り返されているのであった。

これには、当時の参勤の制、というものが関連している。

武家諸法度《はっと》によって交代の時期は〈夏四月中〉ということになっていた。

つまり、お暇《いとま》を許され江戸から国許に帰る時期は、四月中でなければならぬ。

ところが参勤、すなわち江戸に到着する期日も〈夏四月中〉が基本なのだが、実は、これは外様大名だけのことで、譜代大名たちは六月組と八月組に分けられている。

譜代ゆえに、国許に二ヶ月から四ヶ月、長く滞在を許されているのであった。

中務大輔政長も出雲守政利も、徳川四天王の一人、本多平八郎《へいはちろう》を祖とする譜代大名で、いずれも六月組に属していた。

もし外様ならば起こらぬ城中での鉢合わせが、このために起こるのである。

藤次郎たち二人が、いま南に向けてたどる道は、筒井街道を経て高野《こうや》街道に結ぶ道であった。

柳五丁目、柳外五丁目、柳六丁目と進んだあたりで、両側町の町家も次第にまばらとなって、周囲は緑の稲が生え揃う水田地帯に変わった。

まだ穂をつけぬ稲は、昨夜までの雨にしゃっきり背筋を伸ばしている。

やがて訪れるであろう暑熱を予感させるように陽は中天に輝いていたが、若い稲をそよがせて渡る風は、思いがけず爽やかであった。

「おっ！」

突然に横を歩いていた日高老人が、叫び声をあげて身をかがめた。

「いかが、いたしました！」

「いやいや」

苦笑混じりの声で日高が、

「驚かせよってからに……。いや、蜻蛉《とんぼ》じゃ。我が顔面をめがけて、突っ込んできよった」

「ははあ……」

藤次郎は足を止め、風渡る稲田の空を眺めた。

「塩辛蜻蛉《しおからとんぼ》でございますな」

「そのようだな」

日高も足を止め、風を切るように飛ぶ蜻蛉の群れを眺めてから言った。

「今年は、暑くなろうかの」

「幸い、これまでのところ、天の恵みは順調なようですが……」

「そうじゃな」

昨年は冷夏で、空《から》梅雨であった。そのくせ秋には各地で大雨を伴う大風が何度も吹き荒れ、全国各地の田畑が水に浸かった。

この大和盆地でも同様であったそうだ。

そのために大飢饉が起こっている。この二月には江戸でも柳原土手下にお救い小屋が建てられ、難民に粥が振る舞われたという。

蜻蛉のおかげで、二人は並んだまま、ほぉっと大和の夏風景を愛《め》でていた。

久しぶりの好天のもと、西に望まれる矢田丘陵では、梅から桜、躑躅《つつじ》へと花をめぐらせ、今は午睡のまどろみを思わせるような合歓《ねむ》の花が、薄桃色の霞《かすみ》のごとくにけぶっている。

「さて、そろそろまいろうかの」

「そうですね。まいりましょう」

しばしの眼福《がんぷく》ののち、二人はまた南へ向けて歩を進めた。

蛍の名所だという下池がある平群《へぐり》郡窪田村（現安堵町）は、奈良盆地の底にあたる低地で湿地帯だそうな。

そこへは、途中で道を西にとらねばならなかったが、藤次郎たちはなおも南に進んで八条村に入った。

日高が［柳屋］に告げた窪田村は、ただの口実だったのである。

八条村も尽きて、やがて菅田村に入ろうかというころ、道の左手には熊笹を茂らせた低い丘陵地があって、その頂きに、周辺では稀な大きな屋敷が建っていた。

そこには高さ八丈（約二四メートル）は下るまいと思われる榧《かや》の大木があるところから、近在の人に〈榧の屋形〉と呼ばれている。

「…………」

藤次郎はわずかに顎を上げ、天にそそり立つ大木というより、まるで山城を連想させるような〈榧の屋形〉を見つめた。

その建物こそが、藤次郎と日高老人が、このところかかりきりになっているところであった。

密命を帯びて大和郡山に入った二人が、この屋形に行き当たるまでには、長い時間がかけられている。

そこで、話を少し戻さねばならない。

3

大和郡山をめぐる御家騒動については、すでに述べた。

そして、まだ決着はついていない。

中務大輔政長には、自分が正嫡であるのに庶流の出雲守に領地を簒奪された、という思いがある。

一方、出雲守政利のほうでも――。

まるまる十五万石を父の政勝から引き継ぐはずが、思惑がはずれてわずかに六万石しか手に入れることができなかった、と不満に思っているフシがある。

いや、フシなどと手ぬるくはない。

はっきり中務大輔政長を亡き者にして、藩をまるまる手に入れようと画策しているらしい。

昨年の四月、中務大輔政長が国帰りの途次のことである。政長は小田原の宿で大名行列を二つに分けて、わずかな供備えで熱海へ向かった。湯治のためである。

ところが途中、その行列を弓鉄砲で襲撃しようという一団が待ち伏せていた。

襲撃団の首領は、越前大野藩の元郡奉行《こおりぶぎょう》の伜で山路亥之助《やまじいのすけ》という者である。銅山不正に関わる事件で、山路は捕り手を斬って大野を出奔、そのため藤次郎の兄の落合勘兵衛《かんべえ》は、山路を追って江戸に出た。

だが江戸で山路は本多出雲守政利の屋敷に匿《かくま》われ、熊鷲三太夫《くまわしさんだゆう》と変名していた。熊鷲こと山路亥之助を追ううちに、大名行列襲撃計画を事前に察知した落合勘兵衛は、事件を未然に防いでいる。

だが肝心の山路は逃亡し、捕らえられたのは金で雇われた食いつめ浪人や猟師などで、真相は闇の中である。というより、そのような事件があったことすら、公にはされていない。

だが、その襲撃計画の黒幕が、出雲守政利であろうことにまちがいはなかった。

政利は、それまでにも幾たびか、大和郡山藩十五万石を、すんなりと手に入れるべく謀《はか》り、目の上のこぶである政長を暗殺しようと試みては失敗している。

たとえば――。

政利の不穏な動きを察知した政長は、まだ大和郡山で部屋住みだったころ、静養を口実に有馬の湯山に逃れたことがある。

だが、その湯治場にまで刺客は現われた。

幸い、すんでのところで刺客は取り押さえられ自害したが、それは政利の中小姓であった。

さらに政長が有馬より郡山に戻った折には、帰城祝儀、を口実に祝宴が催された。そのとき饗された食事には毒が仕込まれていた。

用心して、いっさいに箸《はし》をつけなかった政長は難を逃れたが、弟の政信《まさのぶ》が敢《あ》えない最期を遂げている。

この毒物事件で、疑われた人物がいる。

医師の片岡道因《かたおかどういん》と、その子の太郎兵衛《たろべえ》で、ともに政長の近習であった。

この二人は、政長が叔父の政勝から御付人としてつけられた経緯がある。

当然に政長の譜代衆は二人に不審を感じ警戒はしていたが、刺客だと断じるだけの証拠もないままに、ただ、刻《とき》だけが過ぎていったのである。

そのような事情から、片岡道因と太郎兵衛の父子には常に監視の目が注がれているが、獅子身中の虫がその二人だけとはかぎらない。

大和郡山を分割統治するにあたって、土地分け、人分けをしたのは三年前の正月のことだったが、政長に心を寄せる者が政利の陣営に加えられた場合もあれば、また逆もある。

要は、いずれが敵で、いずれが味方か、疑いだせばきりがない、というのが実情なのだ。

そんななか、昨年の襲撃未遂事件の際に、不審なできごとがあった。

一味が襲撃地点に選んだのは、小田原から熱海に向かう根府川道《ねぶかわどう》の途上であったが、行列が江《え》の浦《うら》村を過ぎて急坂にかかり、伊豆の海が豁然と開けるあたりで、それは起こった。

――殿、まことにすばらしき眺めにございますぞ。お駕籠《かご》よりお出ましあって、ひととき御覧《ろう》じあそばされては、いかがでございましょう。

供のうちより、駕籠の政長に、そう声をかけた者がいる。

海の反対がわは山崖であったが、駕籠より降り立った政長が海に対したのに、声をかけた人物は逆に山崖のほうを見上げ、きょろきょろしたという。

同様の行動をとった者が、もう一人いた。

そのいずれもが、政長が寵愛する小姓であった。

天神林《てんじんばやし》藤吉《とうきち》と四月朔日《はたすき》三之助《さんのすけ》の、二人である。

そもそもこのとき、政長一行は襲撃計画のことなどつゆ知らずにいた。だから、その二人の動向を特に怪しむ者は誰もいなかった。

だが、のちになって――。

前後の事情を考え合わせたとき、そのときの二人の行動は、いかにも胡乱《うろん》なものに思われた。

しかしながら二人の小姓は、十年以上も昔に政長自身が見いだし、児小姓として召し出した者たちで、いわば政長の子飼いなのである。

そんな二人が、政長に仇《あだ》をなすとは考えにくいのだが、看過できない疑惑は残った。

――天神林藤吉とは、そもそもどういう者でございますか。

昨年の晩夏、江戸より大和へ向かう道中で藤次郎は尋ねている。

――それがよくわからぬので、我らが調べにいくのではないか。

日高老人の答えは、それであった。

天神林藤吉に四月朔日三之助――。

揃いも揃って変わった名の、この二人、もう十年以上も中務大輔政長の側にべったりくっついている存在だが、おかしなことに、その素性が、よくわからない。

――今回の下知《げじ》で、急ぎ、話を集めてみたのじゃが……。

日高は、白髪頭をかしげながら話した。

――天神林は、その昔、小吉《こきち》という名で城下で評判の美童であったそうな。それがたまたま政長さまのお目にとまったということじゃ。

――ははあ、それで召し出されましたのか。

――そういうことじゃ。しかし、なにしろ十年以上も前のことじゃからな。政長さまの側衆に上月兵太夫《こうづきひょうだゆう》という者がおって、そやつが小吉と、当時は三太《さんた》といった四月朔日の二人を城に連れてきたそうな。なんでも城下の百姓の小せがれだったということだが、肝心の上月は、その後に藩の抗争に巻き込まれて死人となってしもうてな……。

――それで、二人の身許が、はっきりしませぬのか。

おかしな話だ、と藤次郎は首をかしげた。

――まことに奇っ怪な話よ。いくら二人を取り持った上月が死んだとはいえ、それで素性がわからなくなるなど、とんでもない話だ。我があるじも、その点をいぶかしんで、なにやら裏がありそうなと考えられたのじゃ。

（それで、今回の役目を与えられたのだな……）

と、藤次郎も納得した。

日高が口にした〈我があるじ〉とは、江戸家老の都筑惣左衛門で、調査役に藤次郎を選んだのは、藤次郎が新参で国許の誰にも顔を知られていないためであろう、ことくらいは容易に想像がつく。

こうして大和郡山に入った二人は、さっそく菅田村を中心に聞き込みをはじめた。

なぜなら――。

――そもそも政長さまが、天神林を見初《みそ》められたのは、一夜松天神の境内だったということじゃ。

その一夜松天神が、菅田村にあった。

伝説がある。

むかし女神が現われて、付近が一夜にして松林になった……ということで一夜松天神と呼ばれているそうだが、小吉に天神林の姓が与えられたのは、それがゆえんだという。

——なるほど……すると四月朔日《はたすき》のほうには、どのような謂われがあるのでしょう。

——なんともたわいもないことじゃ。政長さまが二人に出会ったのが四月一日だったから、ということらしい。

鼻をフンと鳴らして、日高は言った。

——四月朔日《しがっさくじつ》ならワタヌキと読ませるのが普通でありましょうに、ハタスキとはまた、変わった読ませ方ですね。

——さよう。やはり百姓の出と考えるのがよさそうだな。

ということで、一夜松天神のある菅田村で、農家を中心に情報を集めはじめた二人であった。

4

小吉と呼ばれた美童が、昔に城に上がったことは、菅田村の住人のほとんどが知っていた。

だが、その出自については誰も知らない。

いや、それはあまり正確ではない。

小吉は、隣村の八条村の農家で育てられていたそうだ。

藤次郎たちは、次に八条村で聞き込んだ。

——あれは、もらい子だろう。

と言う者もあれば、

——いや、どこからか預かっていると聞いたぞ。

村人たちの話はまちまちであったが、八条村の長吉《ちょうきち》という百姓が、小吉を育てていた家であったことにまちがいはなさそうだ。

さらには——。

——そりゃあ色白で、綺麗な顔だちをした子やったから、いずれは京で色子《いろこ》になるやろうと噂していたら、なんと八つのときに政長さまの御小姓になりよった。おまけに長吉の伜までが一緒に御小姓やていうんやから、あのときはびっくりしたわい。

などという話まで飛び出した。

さらに聞き出していくと、その長吉の伜というのが三太だった。これが、今の四月朔日三之助だ。

こうして集まった話をまとめると、次のようになる。

もらい子だったか、預かった子だったかは判然とはせぬが、小吉が八条村の百姓、長吉のところにきたのは万治三年（一六六〇）のこと、というから十五年の昔である。

そのとき百姓の長吉には、十二歳を頭に三人の息子があって、いちばん末っ子の三太は六歳であった。小吉は、三太より二つ下の四歳だったそうだ。

――ま、年も近かったし、三太が小吉の面倒をよく見て、二人は仲のよい兄弟みたいで、どこへ行くのも一緒やったな。

それで小吉に小姓の話があったとき、三太も一緒ならば、と養い親の長吉が条件をつけたのだという。

いわば三太は、小吉の兄貴分として城へ上がったというのだ。

で、その肝心の百姓の長吉なのだが――。

影も姿もない。

ある日、一家で、忽然と村から姿を消したらしい。三太と小吉が城に上がって一年とたたぬうちにだ。

そして村人たちは、誰一人としてその消息を知らない。

――こりゃ奇妙だぞ。

庄屋や村役人にも当たったが、みんながみんな、頑《かたく》なに口を閉ざして首を振る。その様子を見れば、どこかに不自然さが漂っていた。

——どうやら、何者かに口止めされておるようだな。

言って、日高は唇をゆがめた。

——やはり出雲守の息がかかっているのでしょうか。

——さあて、二人の小姓の身許を韜晦《とうかい》してしまおうということであれば、そういうことになろうかの。もしそのような意図があったとすれば、中に立った上月兵太夫は出雲守がわの人間だったことになる。

日高は、深い溜め息をついた。

誰が敵で誰が味方か、一切が深い霧の彼方に沈んでいるような、この大和郡山藩の宿痾《しゅくあ》の切実さを改めて感じた藤次郎は、

(いや、どうも、えらいところに仕官したものだ……)

などとも思った。

——いずれにしても、このままでは一向に埒《らち》があかぬ。なにか、ほかの手を考えるしかあるまい。

日高が思案を巡らせはじめた。

それからしばらくののちに——。

日高と藤次郎は、八条村の法界寺《ほうかいじ》という寺に通いだした。

村民の檀家寺である。

紺屋町から八条村まで、およそ半刻（一時間）の道のりだった。

その道すがら、藤次郎はいつも酒徳利を抱えていた。今井町にある造り酒屋から求めたもので、これは法界寺の和尚が酒好きだと聞いたからである。

また和尚は、碁好きとも聞いた。

日高は、やがて和尚の碁友となっていた。

そして――。

――ついに、聞き出したぞ。

ある日、日高は満面の笑みを浮かべて言った。

――七年前のことだが、長吉の使いだという者がやってきて、先祖代代の墓を改葬したいと言ってきたそうだ。

法界寺の和尚とて、はっきり長吉一家の転居先を聞き出したわけではない。

――ただな……。改葬先は阿多村の行円寺《ぎょうえんじ》という寺であったという。

――あたむら……。どこにありますのか。

――うむ。宇智郡《うちぐん》のな……ここより十数里も南だそうな。明日にもさっそく出かけようぞ。

大和国宇智郡阿多村（現五條市）は、奈良盆地の南西、紀ノ川から和泉山脈に這い上がっていく山峡の村であった。

藤次郎たちは、まっすぐに行円寺をめざした。

藤次郎たちが大和郡山に入って二月《ふたつき》半ほどが過ぎた、昨年の十月のことである。山里の寺には初冬の陽が注ぎ、寺内の柿の木に熟した実をついばむカラスたちが群れて、かまびすしかった。

この寺に、驚くべき事実が待っていた。

――ふむ。七年前のう。八条村からやったかどうかまでは覚えとらんが、城下に近いところからこちらに、そのころ墓替えがあったことはある。したが……、それが、どうかしたのかの？

村では見馴れぬ二人連れがやってきて、改葬のことを尋ねたのに、行円寺の老いた和尚は、不審げな顔になった。

――いや、墓替えが、どうのこうのというのではないのじゃ。実は、その墓の持ち主を捜しておる。

――ほうほう、そういうことでございますのか。あの墓なら、大原《おおはら》の家のものやが……。

——大原？

藤次郎と顔を見合わせたのち、日高は問うた。

——大原と申しますと……？

——ふむ。大原野村の庄屋で、大原長吉さんとおっしゃる。

——なに、大原……長吉とおっしゃるか。

日高は、再び藤次郎と顔を見合わせた。

（庄屋だと……）

藤次郎は、内心で目を剝《む》いている。日高とて、同じ思いであろう。

——どうやら、我らが探しておる御仁にまちがいはなさそうなのじゃが……。

首をかしげた日高に、

——なにか、子細がおありのようやな。

和尚までもが首を傾ける。

そのころにはもう、日高の舌はなめらかに動きはじめた。

——ふむ、ずっと昔のことじゃがな。わしが大坂におったころ、八条村の長吉という者と知りおうたのじゃ。で、大和にこられることあらば、ぜひにもお訪ね下されと言われておったのだ……。

——ははあ……。そんなことがございましたか。

——さよう。だが、それきりになっておったのだが、こたび上方に出てくる機会に恵まれてな、それでふと昔のことを思い出して八条村まで足を伸ばしてみたのだが、長吉どのは、こちらのほうに引っ越したと聞いてな。それでここを訪ねてまいった。

——それは、それは……。

日高は、簡単に和尚をたぶらかした。

——で、長吉どのはお達者かの。今は、ええと……大原野村の庄屋をされていると言われましたな。

——はいはい。苗字帯刀も許されて、大原野村の庄屋をされておりますよ。

——いや。拙者が知っておる長吉というのは、庄屋などではなかったはずなのじゃ。実は、いささか、そこのところが解《げ》せんのじゃが……。

——なるほどのう。いや、これは、拙《せっ》も噂に聞いたにすぎませぬが、大原さまのご縁戚かなにかが本多さまに連なるらしゅうて、それで庄屋として大原野村にこられたそうでございますよ。そもそも大原野村というのは……。

和尚によると、阿多村の北の山辺に〈大原野〉と呼ばれる荒野が広がっていたのを、二十年ほど昔から郡奉行の差配のもとに、開墾の手が入ったという。

こうして五百町歩ばかりの新田ができ、今もまだ新田開発は続けられているが、新たな村が作られたそうな。

その新村に、長吉が庄屋としてやってきたのが九年前、苗字帯刀を許されたのが七年前というから、長吉は大原の姓を名乗ったのを機会に、八条村から先祖代代の墓を移したものと思われた。

藤次郎がそんなことを考えているうちにも、日高は巧みな話法で和尚の話を引き出している。

それによると、新田開発に関わった百姓や入植者たちは、突然やってきたよそ者が庄屋になることに難色を示したが、たいした騒ぎにもならず、いつの間にか収まったそうだ。

(よほど大きな力が、はたらいたとみえる……)

藤次郎が思ううちにも、日高は次の質問を発していた。

――ところで大和郡山の地は、先の御家騒動で分割されたと聞いたが、こちらのご支配は、いずれの殿さまでござろうかの？

――この宇智や高市、山辺《やまべ》、吉野などの一帯は以前より変わらず、本多政利さまのご領地でありますがな。

――ははあ、さようでござるか……。

聞くべきことは聞き取ったか、和尚に礼を述べ、行円寺を出るなり日高はつぶやくように感想を述べた。

――こりゃまた、異《い》なることを聞いたものじゃ。

なんと長吉は、庄屋に成り上がっていた。

――少し、きな臭いことになってきましたね。

――そういうことじゃ。こりゃ、ここに長居は無用じゃぞ。いわば敵地のまっただ中じゃ。早早に郡山へ戻ろう。

それをうながすように、寺の柿の木に群れたカラスどもが、カア、カアと追い立てるように啼き叫んでいた。

小吉と三太が政長の小姓に上がったのは、政長が、まだ大和郡山城で三万石の部屋住み料だけを与えられていたころである。つまり褒美に、長吉を庄屋にする力などありはしない。

(やはり四月朔日も天神林も、政利の息がかかっているとしか思えぬ……)

藤次郎の心証であった。

この阿多村からの帰途、さらに藤次郎たちは、もっと決定的な事実を知ることになる。

5

丘陵地沿いに、小径《こみち》はゆるやかな登りであったものが、やがて下りに転じるあたりから眼前の風景は一変しようとしていた。

右手前方には松原が望まれ、今にも松籟《しょうらい》の音が聞こえてきそうだし、〈榧の屋形〉を戴いた丘が尽きるあたりから先は、延延と若緑の稲田が広がるのである。

そんな風景を見下ろしながら、藤次郎は足元を固めつつ坂を下った。きょうは晴天だが、長らくの梅雨にぬかった小径は滑りやすくなっている。

やがて左手に素朴な六地蔵が、夏の野草や熊笹に埋もれるように置かれていて、そこから少し先に銀杏《いちょう》の古木がそびえる。

むき出しになった銀杏の根は、岩を噛んでいた。

銀杏の樹を過ぎたあたりで、藤次郎は少しばかり首を左に巡らせ、ちらと、その奥を窺った。雑木林を縫うように、一本の山道が丘陵を駆け上がり、ずっと先は緑陰に溶け込んでいる。

人影はなかった。

その道が〈樋の屋形〉に至る一本道であるのだが、藤次郎も日高も、まだ足を踏み込んだことはない。

そこから半町（五〇《メートル》）と行かぬところに、廃屋かとも見まがう茅屋《ぼうおく》が、松林に踏みつぶされそうなていで建っていた。

戸口前に、緋毛氈《ひもうせん》が敷かれた床几《しょうぎ》が出されているので、かろうじて茶店らしい、と知れる。

茶店の近くから、林間を縫う道とも呼べぬ道が踏み固められ伸びていて、それをたどっていくと一夜松天神の裏手に出る。だから〈天神裏の茶店〉と呼ばれていた。

この〈天神裏の茶店〉は藤次郎と日高老人が昨年に、一帯の菅田村や八条村を聞きまわっていた間、ずっと無人だった。

――どうやら、つぶれておるようじゃな。

表戸がしっかり打ちつけられているのを見て日高は言い、藤次郎もそう思っていた。

ところが――。

長吉の消息を追って、宇智郡の阿多村まで足を伸ばした藤次郎たちが、ここまで戻ってきたときのことである。

そこで、初めて人影を見た。

老婆である。

戸は解かれて、戸外でなにやら片付けをしている様子であった。

――おう、ここはもう閉じられたとばかり思っていたが、おばばの茶店であったか。

さっそく声をかけた日高に老婆は、

――亭主《おとう》が去《い》んでしもうてよう。

聞けば三十年以上も、夫婦してこの地で茶店を営んできたのだが、亭主に先立たれてしまった。

もはや茶店を続けていく気力もなくし、今後の身の振り方について、摂津西宮に奉公に出した長男のところへ相談に行き、一緒に暮らすことになった。それであと始末のために戻ってきているのだ、というようなことであった。

――なるほど三十年以上もなあ。さぞや、さまざまな思い出も詰まった店であろうが、なに、孝行な息子を持っておばばは幸せ者じゃ。摂津西宮は気候も穏やかで、住みやすい港町と聞く。これからは、のんびりと暮らしなされや。

こういうときの日高老人は、まことに老獪《ろうかい》というべきか、しんみりした口調で、たちまちに人の心をつかむ。

そのうえで――。

――ところでな……。

小吉と三太について尋ねた。

――おう、あの二人のことなら、よう覚えとるよ。二人とも腕白な坊主やったが、小吉ちゃんは、そりゃあ色白できれいなぼんさんでなあ。ときどきは饅頭を食わせてやったもんや。

昔を懐かしむような口調の老婆であった。

――なんでも、二人とも、城へ上がったと聞いたのじゃが……。

――そう、そう。たいした出世じゃのう。あれからもう十年にもなろうか、近ごろではもう絵にでも描いたように美しい、凜凜しい若武者ぶりや。

目を細める老婆に、

――近ごろ、会われたのか。

――近ごろというても、去年の正月のことじゃがの。なに遠目に、ちらりと見ただけや。

――ほう。正月にな。ご城下でか。

――いやいや、ここでや。

――なんと……。ここでか？

日高はしばし絶句したのち、だが、次には穏やかな声のまま、

――それは、天神林……いやいや、小吉さんのことかな。

――そう、小吉ちゃん。中書《ちゅうしょ》さまが国帰りの正月には、必ず姿を見せてくれるわい。ほかにも、ときどき見かけることもあるが……。

――ほほう……。

老婆の言う〈中書さま〉とは本多中務大輔政長のことに他ならない。

思いがけない展開に緊張している藤次郎をよそに、日高は舌なめずりしそうな表情になっていた。

――正月に姿を見せるということは……。はて、裏手の一夜松天神にでも詣でる、ということかな。

藤次郎たちは、すでに一夜松天神の宮司にも聞き込んでいたが、そのような話は初耳であった。

はたして茶店の老婆は、

――そうではなくて、お母《かか》さまにな……。

言いかけて老婆は、次にあっというような顔になり、気まずそうな表情で口をつぐんだ。

口止めの手は、この茶店の老婆にまで及んでいるようであった。

――おいおい、おばば、それはなかろうぞ。そこまで話してくれて、途中でやめられては、かえって気になるではないか。いやいや、おばばから聞いたなどとは誰にも言わぬ。この近くに、小吉さんの母者がおられるのか。

――…………。

かたくなに口を閉ざしている老婆に、日高が、さてどうしたものか……といった表情になったとき――。

カリカリカリ……。

ずっと空の高みから、音が響いてきた。

三人して空を見上げたが、鳥影は見あたらない。

だが、日高は言った。

――ほう、雁《かり》の名告《なの》りじゃな。そうか、今年も遠い国から旅してまいったか……。

――…………。

――我らも見たとおり、江戸より大和見物にきた旅の者じゃ。ただの物好きで尋ねておることゆえ、仇《あだ》をなそうなどとの考えもありはせぬ。それにな……。おばばも、ここの片付けを終えたら、摂津西宮の息子さんのところに行くのじゃろう。

――ま、そりゃ、もう、ここへは戻らぬつもりやが……。

日高は、ことばたくみに老婆を口説いたうえに、これは路銀の足しにでもしてくれと金まで握らせた。

そして老婆の口から出たのが〈椹の屋形〉だった。

その屋形に小吉の母親が住んでいる、と告げて老婆は、茶店から北の丘陵を指さしたのである。

だが茶店からは、丘陵の上の建物までは望めなかった。ただ丘の上の椹の大木だけが、初冬の空に突き刺さるように常緑の葉を茂らせている。

しかし藤次郎も日高も、八条村のほうからは望める、山城めいた屋敷のことは知っていたし、それが〈椹の屋形〉と呼ばれていることも知っていた。

屋敷の持ち主については、藩のご重役の下屋敷らしい、という者もいれば、藩主の別荘であるらしいという者もあったが、これまで格別の興味も引かぬままにきたのである。

ところが茶店の老婆によれば、なんと、そこに小吉の、いや天神林藤吉の母親が住んでいる、というではないか。

——あそこに、銀杏の樹があるやろう。

中天を指していた老婆の指は、まっすぐ下におりた。

——ふむふむ。見事に色づいておるのう。

初冬の陽光を浴びて、黄金色に輝くばかりの銀杏の樹は丘陵の麓地にあって、茶店からは一町（一〇〇メートル《メートル》）と離れぬ目と鼻の先であった。

——そこから上《のぼ》っていく山道が、屋形への一本道や。小吉ちゃんは気づいてないやろうけど、わしは、あの……。

と老婆は、背後の茅屋を振り返った。

屋根の煙出《けむだ》しの下に桟付きの小窓がある。

——あの台所の窓から、いつも見とるのよ。

——なるほどのう……。

日高は、感心したようにつぶやいた。

周囲には、この茶店以外に農家も民家も見あたらない。

あの〈榧の屋形〉への入り口を見通せるのは——。

（天神林藤吉が母に会いに行くのを見知っていたのは、この老婆だけか……）

藤次郎は、小さな興奮を覚えていた。

——ところでな……。ほかの村人たちも、小吉の母親が〈榧の屋形〉に住んでおることを知っておるのか？

——誰も知らんやろうな。

——はて？

——このとおり、ここはお屋形への入り口みたいなもんでよう。それに、おとうが作る柿の葉寿司は、この茶店の名物やったでな……。

屋形の郎党、端女《はしため》、あるいは出入りする者の多くが、この茶店の客であった。それで自然に屋形の内証の話が集まってくる。

だが見聞したことを、ほかには漏らしてくれるな、と決まって口止めをされた。茶店の夫婦はそれを守り、屋形の噂は他の村人に漏れることはなかったのである。

天神裏の茶店

1

茶店の老婆によると——。

小吉の母親は〈椢の屋形〉において、〈お房《ふさ》の方〉と呼ばれているという。

——なに、〈お房の方〉じゃと！

日高の声が、高くなった。

——そうよ。そりゃあ美しいおなごやと、屋形の衆は皆、口をそろえるわい。

——なるほど……、しかしまた〈お房の方〉とは、えらく身分のあるお方のようではないか。まるで、大名の奥方ででもあるような……。

思わず高くなった声を抑えるように、日高は問うた。

——そう、それよ。

老婆も興に乗ってきたか、唇の端に唾をためながら続けた。

——近ごろは、とんと見かけんようになったがのう、あの〈梃の屋形〉ができて数年は、駕籠の行列がよう通いつめておったのよ。

——駕籠の行列？　するとよほどのご身分の方と思われるが……まさか、御領主さま……などということはあるまいの。

屋形の主人である〈お房の方〉というのは、たいへんな美人であるらしい。となると、本多政長は小吉を小姓にしただけではなく、その母親のほうも側女《そばめ》にしたのか……などと日高は考えたのかもしれない。

だが、老婆は笑いながら首を振った。

——そればかりは、屋形の衆もたいそう口が堅くてのう。じゃが、別口から噂を聞いたことがある。嘘か誠かまではわからんが……。

声をひそめて言うには、

——なんでも小吉ちゃんの母御は、出雲さまの囲われ者であるそうな。

（なんと！）

藤次郎は思わず胸の内で叫んだ。この土地で〈出雲さま〉と呼ばれるのは、本多政利以外にはない。

一方、日高のほうは、

まるでふくろうでも啼《な》くように、満足げな声を出した。

――ほうほう……。

――その別口というのは、どういう口なんじゃろうのう。

――それよ、それよ。実は小吉ちゃんの母御とは古い馴染みや、という男がおってな。それが、もう、腰から山刀をぶら下げた、どこの山猿か、と思える大男なんじゃが……。

熊野の特産だという鮎味噌を大量に担いで城下に売りに行き、帰りには必ず〈椎の屋形〉に立ち寄って、ここの柿の葉寿司が楽しみだからと、茶店にも寄っていくという。

――なに、その男は、小吉の母親と古い馴染みじゃというのか。

――うん。〈お房の方〉には小吉というおさなごがおった、ということも、その男が話してくれたことや。

――なんじゃ？　そりゃ、屋形の人間から聞いたことではないのか？

――屋形の衆は、そういったことはしゃべらんよ。その男の話を聞いて、ははあ――

ん、そういうことかと、わしが悟ったことや。

――そういうことだったか。で、その男は、どのように古馴染みなのだろうな。

――なんでも、小吉の父親と幼馴染みやった、というようなことを言うとったが……。そやけど、ずっと昔に谷から落ちて死んじまったそうや。

――ふむ、すると〈お房の方〉の死んだ亭主の友人、ということになるのかな。

――そういうことやのう。

――その、鮎味噌売りじゃが、どこの誰かは聞いておらぬか。

――鮎味噌売りというより、ありゃ十津川の杣師《そまし》（樵《きこり》）やな。わしゃ〈十津川千本槍の順平《じゅんぺい》〉じゃ、といつも自慢をしとるが……。

（なに、十津川千本槍……！）

藤次郎は、つい数ヶ月前に、その十津川千本槍の話を聞いたばかりであった。

あれは故郷の大野から江戸に出て、猿屋町の兄の家に立ち寄ったときのことである。

そこに、大和の吉野から出てきた百笑火風斎《どうめきかふうさい》と名乗る居候がいた。

百笑は朝廷が南北朝に分かれたとき、南朝四代にわたる天子さまを守ろうと結成された、位衆傳御組《いしゅうおとなぐみ》の長《おさ》の家に生まれたと語り、大和にはほかにも、同様の結《ゆい》（組織）が残っているのだと話してくれた。

そのひとつが、今、茶店の老婆の口から出た、十津川千本槍であった。

それはともかく日高は、さらに質問を老婆にぶつけている。

明らかになったことが、いくつかある。

まずは、丘の上に〈榧の屋形〉が建てられた時期と、小吉が百姓の長吉の家に預けられた時期が一致する。

(そういうことか……)

つまり十五年前に、小吉の母親は本多出雲守政利の囲い者となり、〈お房の方〉と呼ばれて〈榧の屋形〉に住むことになる一方で、小吉は農家に預けられたということだ。

(ついに、尻尾をつかんだぞ!)

天神林藤吉も四月朔日三之助も、政長子飼いの小姓どころか、敵である政利の息がかかっているということではないか。

(よくも十年近くも、だましおおせたものだ……)

熱海への道中で、襲撃者を手引きしたのは、その二人の小姓にちがいあるまい——

と藤次郎は思った。

さらには——。

（これで、我が任務も終わった）

などと考えたのだが、ことはそう簡単ではなかった。

――ところで……。

日高の質問は、まだ続く。

――十津川の山男以外にも、あの屋形への客はあるのだろう。

――そりゃあ、ときどきはな。出入りの商人もいることだし……。

――商人のほかはどうじゃ。武士もいような。

――おる、おる。なかには客というより、得体の知れないお侍が、長逗留していくこともあるようや。屋形の衆が、ありゃいったい何者であろうか、いつまでおるのであろうか、などと話しておるのを聞いたわい。

――ほほう。そういった侍は、ここの茶店には顔を出さぬのか。

――いんや。たまにはくる。

――どんな話をしておったかな。

――ほとんど話はせぬな。ただ、おとうの寿司を食いにくるだけや。

――そうか。なにも話さぬか……。

――うん。ここの柿の葉寿司の評判を聞いてやってきた、とか、噂にたがわずうまかったとか、それ以外はなにも言わん。

——なにも言わぬか……。

日高が気落ちしたような声を落としたときだった。

——そういや……おとうの寿司をほめたあとで、なんとかいう寿司の話をしたおひとがおったのう。

——そりゃ、いつのことじゃな。

——おとうが死ぬる少し前のことやから、五月から六月にかけてのことやのう。えらく気に入ってくれたようで、三日に一度は顔を出してくれたが、おとうが死んで、もう寿司は作れんというたら、残念がっておられた。なんちゅうか、ひどく陰にこもった感じのおひとやったが、ひとは見かけによらんもので、わずかやがと言うて香典をくれたぞ。

——そうか。で、その……なんとかいう寿司とは、いったいなんじゃ。

——それがのう。ええと、なんちゅうたかいのう。とにかく、あまりにへんてこな名じゃったもので、おとうと二人、あとで大笑いしたものや。

——どう、へんてこ、なのじゃ。

——それがな。ひひひ……。

老婆は、気色悪い声で身をよじったあと、

――そのお侍の言うた寿司ではないけれど、わしらには、へのこ……寿司と……、いや似たような名ではあったんやが……。

歯茎を見せて笑う。

――ふおっ、ふおっ……なるほど、へのこ寿司とはまた珍妙な……。

それもそのはず、へのことは男根のことなのである。

だが、藤次郎は思わず口を開いていた。

――もしかして、それはへしこ寿司のことではありませぬか。

――おう、そうやった。確かにそれや。そうそう、へしこ寿司！

老婆が膝をたたいて言う。

へしことは、鯖や鰯などに塩を振り糠に漬けて作る保存食で、越前若狭の伝統料理であるが、それは故郷の越前大野にも伝えられ、山峡の地でもある大野では、寿司といえば、まず〈へしこ寿司〉を指すのである。

藤次郎が注意深く、その寿司が越前若狭あたりのものであることを説明すると、老婆が言った。

――そういうたら、なにやら、そのお侍の国なまりが、あなたさまと似ておりましたのう。

なんと、越前弁だという。

日高が、さっそくその話に食らいついた。

――ふうむ。して、その侍だが……陰にこもった以外に、なにか特徴はなかったかの。

――あるある。ここんとこによう。

老婆は節くれだった手で左頬をなでると、

――大きな傷があってよう。ありゃ刀傷だって、おとうが言うたし、それでおっかなくって、わしゃ、できるだけ話をせんようにしとったな。

――なに……！

日高が勢い込んだので、老婆が少しおびえた顔になった。

――そうか。頬に刀傷か。で、その侍は今も、あの屋形におろうかの。

――さあて？

首をひねったあと老婆は、

――おるんじゃないかのう。そやけど、おとうが去《い》んだのが、六月の十八日や。初七日をすませたあと息子んところへ行って、こちらに戻ってきたのが、きのうのことやからなあ。その間のことは、ようわからんよ。

――それは、そうじゃなあ。

日高はまたも、のんびりした口調に戻っていたが、藤次郎の心は騒いでいた。

――ところで、おばば、そのへのこ寿司の侍じゃが、名は熊鷲とは言わなかったか。

――いんや、香典をもろうたとき、お名前を教えてくれろと聞くには聞いたが、教えてはくれなんだ。それよりお侍さま、熊鷲というたら、先代の殿様がお抱えの相撲取りの名ではないか。

――ほう、そんな相撲取りがいたのか。

――そうじゃよ。熊鷲六太夫というてな、今は実相寺《じっそうじ》の墓の中じゃが……。

(なに、熊鷲六太夫!)

老婆の言う先代の殿様とは、今は亡き本多政勝で出雲守政利の父親のことらしいが、故郷の越前大野藩を出奔した罪人、山路亥之助の変名が熊鷲三太夫だと聞いていた。

(これは、いったい……)

どういうことなのか、と藤次郎は思ったが、日高には先刻承知のことらしく、

――ほう、熊鷲とは相撲取りの名であったか。

などと感心したような口調で、いっこうに驚きもしない。

――そうよ。なかなか美男の相撲取りでなあ。そうそう、その息子もまた美男で、こちらは先代さまの小姓にあがってな、今では御家老にまで出世なさったそうじゃ。もしかしたら小吉ちゃんも、先ざきは、御家老になるかもしれんのう。

――ふむ、おばばは、なかなかの事情通じゃのう。

――なんの。それくらいのことは、誰もが知ってることや。

家老にまでなったという相撲取りの子は、今は深津内蔵助《ふかつくらのすけ》を名乗って、本多出雲守政利の江戸家老である。

そして、この深津が本多出雲守の意を受けて、中務大輔政長暗殺の采配をふるっているらしいことは、日高老人ほか、ごく一部の者たちが察知していることであったけれど、まだ藤次郎は、そこまで知らされてはいない。

だから半分以上は話が見えてこない藤次郎は、ひどくもどかしい思いであった。

――いやいや、すっかり長話をしてしもうた。おや、もう、日暮れも近いようじゃ。長らく邪魔をして悪かったな。

――とんでも、ありまへん。こちらこそ、茶のひとつも差し上げんのに、ぎょうさんに心付けをいただきまして、ほんに、ありがとさんでございました。

――では、西宮への道中は重重に気をつけられてな。こちらには、いつごろまでおられるのかな。

——へえへ。ま、近間《ちかま》へのご挨拶もありますんで、あさってくらいには、こちらを発とうかと思うとります。

2

茶店の老婆と別れを告げて——。

——いやはや……。

日高が言った。銀杏の古木を過ぎて、城下へと続く坂道にかかったあたりである。

——あの屋形が本多出雲の別邸で、そこに天神林の母親が囲われている、というのも驚きだが、とんだ鼠までが飛び出してきよったわい。

——頬に刀傷の男とは、やはり山路亥之助のことでございましょうな。

——ちがいあるまい。そなたは知らぬことだろうが、越前大野を出奔して江戸に出た山路は、遠縁にあたる江原九郎右衛門《えはらくろうえもん》という旗本の屋敷に匿われたのち、本多出雲の江戸屋敷に移ったのじゃ。それを察知した勘兵衛どのが、その江戸屋敷前の菓子屋に寄宿して、見張っておった。

――あ、［高砂屋《たかさご》］でございますな。兄からの文に、そのようなことが書かれておりました。なにゆえ菓子屋などに寄宿して……と不思議に思っておりましたが、そのような事情がありましたのか。

――そういうことじゃ。で、山路は、先ほど話の出た本多出雲の江戸家老、深津内蔵助に召し抱えられ、熊鷲三太夫と名を変えたのじゃ。

――なんと！

すると深津という男は、相撲取りだった父親の名をもじったものを、山路に名乗らせたことになる。

（ふざけておる……！）

郡奉行であった山路亥之助の父が、冤罪の罠をかけて――。

（我が家は閉門《へいもん》のうえ、危うく父上は切腹させられるところであった）

そういったことも考え合わせて、藤次郎は無性に腹が立ってきた。

で、つい、八つ当たりめいた口調になった。

――そのようなことは、是非にも前もって、お教えくださらないと困ります。

――いやいや、まさか、こんなところで、熊鷲めの噂を耳にしようとは思わなかったものでな。まるで、亡霊にでも行き会った心持ちじゃ。それに、話せば長い話になる。

――そうではございましょうが、山路、いや熊鷲三太夫は、御上を襲おうとした張本人、いわば刺客ではございませんか。それが深津内蔵助に召し抱えられていることなど、今の今まで知りませんでした。そのような大事をお教え願えなくば、我が役目がなりません。

――すまぬ、すまぬ。こりゃ拙者の落ち度であった。まあ、機嫌を直してくれ。

――あ……いえ、別に怒っておるわけではないのですが……。

日高に素直にあやまられ、藤次郎は首をすくめた。

――それは、それとしてなあ……。

ふと、日高は立ち止まった。

なにごとか考え込んでいる。

日暮れも近くなって、切り通しの道は小暗《おぐら》い。

枯れ草に埋もれた六地蔵を、眺めるともなく見ている藤次郎に、

――十津川にも出向かねばならんが……。

日高の、つぶやくような声が届いた。

（ふむ、〈十津川千本槍の順平〉に会おうというのだな）

〈榧の屋形〉に住む〈お房の方〉が本多出雲守に囲われていることも、その女に小吉という子がいたことも、すべては、その順平から出た話である。

いわば、茶店の老婆からの又聞きにすぎない。

なるほど、それひとつをもって、天神林藤吉を敵のまわし者、と決めつけるわけにはいかないのだ。ぜひにも順平を捜し出して、証拠をつかむ必要があった。

（十津川か……）

藤次郎は越前大野の家塾で学んでいたころ、『保元物語』を読んだことがある。

そのとき初めて、十津川、という地名に接したが、山あり谷ありの、おそろしく峻険な土地柄、という印象があった。

大和にありながら、平城京からも京の都からも遠く離れた陸の孤島で、そのため古くは〈遠津川〉と呼ばれていたのが、十津川になったらしい。

それも、そうとう広範囲に及ぶらしい。

しかも住人は、一朝ことあらば、たちまち武装して組織的に戦う伝統を有している。

かつて太閤検地によって支配しようと試みられはしたが、あまりに嶮岨な地形と、その広漠さなどから、年貢の取り立てをあきらめざるを得なかったという。

今も天領――幕府直轄地とは名ばかりで、いっさいの租税は免ぜられている、というようなことを、この大和の地にきて聞いている。

いわば住人の自治に任せた治外法権の土地なのであった。

(これから厳冬に向かおうという、この時期……)

旅の困難さもさることながら——。

(はたして、順平に出会うことができるであろうか……)

などと藤次郎は考えている。

と——。

——どうじゃ。まだ熊鷲は、あの屋形におろうかな?

日高はあんぐり口を開け、丘を見上げながら唐突に、そんなことを聞いてきた。

——さて?

つられて藤次郎も、小さく口を開けながら振り仰ぐ。

屋形は見えず、やや光が弱まった空には榧の大木が突き刺さり、さらにそのずっと高いところに、きれいに整列をして進む雁行が望まれた。

——茶店のおばばが、倅どののところに行かれたのが六月の終わりごろ、ということでございましたなあ。

——うむ。我らがこちらに入るのと入れちがいじゃな。それからもう、三ヶ月……

いや四ヶ月近くになるからのう。

つまり、その間の熊鷲の動向については、知るよすがとてない。

——ちょっと、見当がつきかねますが……。

——そうよの。しかし……。

首を、ひとひねりしたあと日高は、

——熱海での襲撃に失敗した熊鷲は、おいそれと江戸に戻るわけにもいかず、というて、大手を振って城下をうろつくこともできまい。ほとぼりが冷めるまで、ひっそり身を隠すには、あの〈榧の屋形〉あたりがぴったりではなかろうか。

——すると、まだ、あそこにおると……。

——ううむ、はあて……。

またひとしきり日高は考え込んで——。

次には——。

——おい。茶店に戻ろう。

——は?

言うなり、きびすを返した日高のあとを、藤次郎はわけもわからぬままについていった。

そして――。

――おい、おばば、ものは相談じゃが、この茶店を売ってくれぬか。

茶店の老婆に、日高は、そう言ったものだ。

これには藤次郎も仰天した。

3

さて、それからが忙しかった。

紺屋町の［柳屋］に帰り着くなり、日高は短い文をしたためると、店の者に使いを頼んだ。

国家老、梶金平に宛てたものである。

そしてその夜のうちに日高のもとを、一人の武士が訪ねてきた。

頭巾で面体を隠している。

着衣は渋《しぶ》かたびら（柿渋を引いたかたびら）で、帯は黒木綿だった。

つまりは、大和郡山藩の藩士だということになる。

播州姫路から大和郡山へと移ってきた本多家には、髷《まげ》の形から服装についてまで、厳格な規定があって、たとえば——。

〈着服は洗柿《あらいがき》（薄い柿色）、夏は渋かたびらのほか無用のこと。ただし、帯は黒木綿のこと〉

などと決められているので、そうとわかる。

で、その客人は藤次郎たちの部屋に入るなり、

——おう、三角どの。わしに続いてこられるはずが、これまで連絡もないゆえに、なにかござったかと心配しておったのだぞ。

言いながら、頭巾をとった。

年のころは三十くらいか、がっしりした体格のわりには細面《ほそおもて》で、だが眉は濃い。

一方、日高は男に、

——久方ぶりじゃの、四角どの。いやいや壮健そうでなによりじゃ。なに、実は、七月にはまいっておったのじゃが、知ってのとおりひそかごとでな。ま、許されよ。

今はもう、十月も半ばを過ぎているのであった。

男はそれに笑顔で応え、

——いやいや、わかっており申す。ところで……。

と、藤次郎のほうを見た。

なんだか、三角だの四角だの、わけのわからぬことを言い合っている二人にあっけにとられている藤次郎を――。

――こちらが、丸どのの弟御かな。

三角と四角の次には、丸というのが出てきた。

それがどうやら、兄の勘兵衛を指すのだな、とは思ったが、藤次郎には事情が飲み込めない。

だが、この武士が、すべてを承知しているらしい、ということだけは理解できた。

男は、小さく黙礼をしながら、すすっと藤次郎に近づくと、耳元に顔を寄せ、ささやくような小声で言った。

――別所《べっしょ》小十郎《こじゅうろう》と申す。よしなに。

――落合藤次郎です。

藤次郎も、小声で返す。

――む……。

別所と名乗った藩士は、小さく顎を引き、

――役目は御書物役でござる。ただし、支藩のほうでござるが……。

――えっ！

くどいようだが、この大和郡山藩は二つに分割されている。

それで、本多中務大輔政長九万石、元もとの部屋住料三万石をあわせて十二万石の陣営を本藩、本多出雲守政利六万石がわを支藩と呼び習わしていた。

すばやく日高が口を添えた。

――長らくの同志ゆえ、心配はいらぬ。心強いお味方じゃ。だが、それを決して知られてはならぬゆえ、勘兵衛どのが丸、わしが三角で、こちらが四角と符牒をつけて呼んできた。三人ともに、江戸では肝胆相照《かんたんあいて》らす仲であってな。そなたに、まだ教えておらなんだこれまでのいきさつは、すべてこの四角どのが承知しておる。

――ははあ……。

それで別所は面体を隠して姿を現わし、日高と、三角だの四角だのと、符牒で呼び合っていたのだなと、藤次郎にも理解ができた。

（こりゃ、なかなか……）

密偵のような仕事も、いよいよ本格的なものになってきたぞ、と藤次郎の血は騒いだ。

――そのいきさつについて、わしが教えれば良さそうなものじゃが、とても半日やそこらで語り尽くせるものではない。わしゃ、明日は早朝から大坂へ出ねばならぬでな。その暇がないのじゃ。
――え、大坂へですか。
いったい、どのような用があるのか、と藤次郎は思ったのであるが、
――ま、なるかならぬかわからぬことだし、事情の説明は戻ってきてのち、という
ことにしてくれ。
――それはよろしゅうございますが、いつ戻られますのか。
――さて、三日ほどですむか十日ばかりかかるか……。
なんだか心許ないことを言ったのちに――。
――ま、その間に、この四角どのからな……。
これまでのいきさつを、心ゆくまで聞いておいてくれ、と日高は言うのであった。
別所が、語ったところによると――。
江戸・日本橋北の田所町に［和田平《わだへい》］という料理屋があって、兄の落合勘兵衛に日
高老人、それに別所小十郎の三人が、月に一度は密かに集まっていたそうだ。
まずは、別所小十郎の立場である。
大和郡山藩士の構成は、まことに複雑なものらしい。細かな派閥まで入れると、き

りはないが、おおむね次の三つに大別できる。

ひとつは、播州姫路以来の〈譜代衆〉。

そして御番代（代わりを務める）となって藩を預かるかたちとなった本多政勝（元播州竜野四万石）の元もとの家士である〈出雲衆〉。

三つ目が、政勝が大和郡山に移ってから新たに採用した〈新参衆〉である。

別所小十郎の父は、この〈新参衆〉であった。

〈新参衆〉の家の跡目を継いだ小十郎は、本来、本多政勝や出雲守がわの人間でなければならぬのだが、無二の親友の影響を受けて、〈譜代衆〉へと心が傾いていった。

御番代の本多政勝父子が、本来の約束を反故《ほご》にして、一藩を私《わたくし》しようとする姿を痛烈に批判する親友に、小十郎は共感した。正義は〈譜代衆〉にあったのである。

その〈譜代衆〉の友は、暗闘の中で暗殺されてしまった。

小十郎にとって、その友とは——。

普段は思い出しもせぬのに、なにごとか嬉しいことなどあったとき、ああ、あの友ならば、一緒に喜んでくれたであろうにと、ふと、思い出すような人物であったという。

この話を聞いたとき——。

（俺にも、たくさんの友がいるが……）

と藤次郎は思った。

（はたして、そのような友がおろうか）

いくつかの友の顔を思い浮かべたのちに、

（おらぬ……）

小さな無念さをかみしめたあと、別所のことを心底、うらやましく思ったものだ。

それはともかく別所小十郎は、出雲守政利の家臣でありながら、主君が嫡流の中務大輔政長を暗殺しようともくろんでいることを知るにいたって、内部よりの情報提供者の道を選んだのである。

ちょうどそんな折、兄は山路亥之助の追討を命じられて江戸に出た。

そして亥之助が、出雲守政利の江戸屋敷に身を潜めていることを知る。だから屋敷内の情報が、喉から手が出るほどにほしかった。

一方、中務大輔政長がわでも、暗殺計画が進行していると思われる同所の情報がほしいし、誰にも顔を知られぬ協力者がほしい。

こうして三者三様の思惑が一致した結果、三人の人物が月に一度、江戸の料理屋に集まって情報交換会を開くようになった。

だが、別所小十郎は江戸での勤務を解かれ、一足早く大和郡山に戻った。

そのあとを追うように、藤次郎は日高とともに大和郡山にきたのである。

日高が大坂に発ったのち、藤次郎は城下はずれの村落の鎮守である売太《めた》神社、というところで、ひそかに城下がり後の別所と待ち合わせた。人目につかず、話を聞くためである。

なるほど、長い話だった。

ともあれ、そのことによって、この藩がどのような歴史に翻弄され、兄である勘兵衛が、江戸でどのような働きをしていたのか、一切合切の経緯を、藤次郎はようやく知ることができたのであった。

4

日高信義が、大和郡山城下の［柳屋］へ戻ってきたのは神無月《かんなづき》が去り、暦が霜月（十一月）に入った日のことであった。

大坂に、はたしてどのような用で出かけたのか——。

はたまた、首尾はどうであったのか——。

そういったことを聞かせてくれるはず、と藤次郎は思っていたのであるが――。

当の日高は、大坂まで行き帰りした旅塵もそのままに、

――明日は、いちばんに十津川郷へ発とうぞ。

と、いきなり言った。

それにしても、元気なものである。

――それは、よろしゅうございますが。

唇をとがらせた藤次郎に、

――あ、そうじゃったな。いや、大坂にはな……。あの〈天神裏の茶店〉をやらせる人間を探しに行ったのじゃ。

――ははあ……。

――いや、首尾は上上《じょうじょう》。

――と、言いますと。

――うむ、連れ帰ってきたわい。今ごろは、茶店を片付けておろう。

ということは、すでに菅田村まで連れて行って、新たに開店の準備をさせているようだ。

どうも、この日高老人、年寄りのせいか、どうでもよいところではくどいくせに、

肝心な箇所で、ことば惜しみをするところがある。

——明朝の出発までには、まだ間もありますれば、きちんと話していただかねば、困ります。

無理にも、口を開かせた。

あの丘の上の〈榧の屋形〉——。

それが、今回のお役目にとって、要所であることを突き止めた。

天神林藤吉の母親が住んでいる、ということだけではなくて、本多出雲守政利の別邸である可能性がある。

さらには、そこに、熊鷲三太夫すなわち山路亥之助らしき人物もいて、あるいは、その屋形こそが、政長を暗殺しようと謀る一団の巣窟かもしれぬのだった。

その巣窟の入り口を見張るに、恰好な茶店がある。

（なるほど……）

ようやく藤次郎にも、なぜ日高が、あのようなボロ茶店を買い取ったのか、その理由が見えてきた。

といって、日高と藤次郎が、あの茶店に移り住み、じっと見張る、というわけにもいかぬのであった。

——幸い、わしゃ若いころに浪華に滞在していたことがあり、多少の知人も残っておるゆえ……。

茶店をやらせる人物を求めて、大坂へ出かけていったらしい。

——で、見つけてきたのですね。

——さよう。それもな……。

日高は、得意げに鼻をうごめかせた。

——浪華は七郎左衛門町（現在の横堀二丁目付近）に〈魚の棚〉というところがあってな。

そこに、［河内屋長兵衛《かわちやちようべえ》］という魚屋があるそうな。

だが、この河内屋、魚屋としてより副業で商う〈雀寿司〉のほうで有名らしい。

さて、この〈雀寿司〉、江鮒《えふな》（ボラの稚魚）の腹を割き、内臓を除いて寿司飯を詰めたものである。

その、ぷっくらふくらんだ姿が、雀に似ているから、こう名づけられている……というこことなど、どうでもいいのであるが、のちにこの河内屋は江鮒を小鯛に変えて、現代《いま》も［すし萬］として残っている……というのもまた、まったくの蛇足。

ともかく日高は、この河内屋で寿司職人であった、信吉《しんきち》、という男を連れ帰ったそうな。

――あの茶店は、亭主の柿の葉寿司でもっておったようじゃ。そこへそれ、浪華《なにわ》名物の〈雀寿司〉がきてみろ。もし、まだ熊鷲めがおろうものなら、必ずや顔を見せようぞ。

（いや、よくぞ、そこまで考えたものだ……）

烏賊《イカ》の甲より、年の功か……と感心する藤次郎だが、一方で、心配な点がないでもない。

――で、その信吉とかいう職人、信用ができますのか。

うっかり相手方に寝返られでもしたら、藤次郎たちの存在を知られてしまい、危ないことにもなりかねない。

――いらぬ心配じゃ。明朝、十津川郷へ向かう途次にでも、そなたにも引き合わせておこうぞ。

こともなげに言う。

さて、その信吉は三十になるかならぬか。五尺六寸（約一七〇センチメートル）の藤次郎よりよほど小柄だが、はしっこい目をした男であった。

信吉のほかに、二十半ばと思われる女がいて、茶店の古びた戸を束子《たわし》で磨き上げていた。おかよという名で、信吉の女房だそうな。

どのような伝手《つて》でか、日高は大坂より夫婦者を引っ張ってきたのである。

藤次郎は、信吉夫婦に引き合わされたのち、その足で十津川郷へと旅だった。

実は、このおかよ、日高老人が大坂にいたころ妾に生ませた娘なのだが、藤次郎がそれを知るのは、少しばかりあとになってからのことだ。

おかよはつまり、江戸の料理屋［和田平］の女将《おかみ》、小夜《さよ》の妹にあたる。

二十四節季のうちに〈大雪《たいせつ》〉という日がある。

立冬より三十日ののち、小雪《しょうせつ》より十五日ののこの日は、寒気に雨が凝《こ》り固まって雪となる日、とされている。

藤次郎たちが、新たな店主を得た〈天神裏の茶店〉を背に、遙か紀伊山地を越える旅に出たのは、この〈大雪〉の節季に、あと五日という日であった。

(故郷は、そろそろ初雪のころであろうな)

雪深い山峡の城下町で生まれ育った藤次郎だから、雪には馴れている。

しかし向かおうとする十津川郷は、秘境中の秘境と呼ばれるあたりであった。

しかも、そのどこに住んでいるともわからぬ〈十津川千本槍の順平〉という男を——。

（探し出さねばならぬ……）

のである。

困難な旅が、予想された。

だが、ひと月もたたぬうちに――。

藤次郎と日高老人は、無事に大和郡山の城下町に戻ってきた。

この十津川郷への旅の話をすれば、いささか長くなる。

それで短兵急にことを運んで、結論だけを述べておきたい。

〈十津川千本槍の順平〉は、確かにいた。

そして、順平が話したところによれば――。

二十数年の昔、十津川郷の風屋《かぜや》というところに、乞食同然の浪人一家が現われて、川べりに棲みついたという。

名を伊勢三郎右衛門《いせさぶろうえもん》といって、妻と一人の幼い娘を連れていた。妻も娘も、たいそうな美貌だったという。

その伊勢が言うには、元は肥後藩にて七百石の武士であったが、主家の加藤家が改易されて浪人となった。

浪人となった伊勢は佐渡島に渡り、相川の山先町で、遊女四人を抱える楼主になる。ところが好事魔多し、といおうか、なにやら不都合を起こし、財産没収どころか身にも危険が及びそうになった。

命からがら、一家で島を脱出した。つまりは罪を得て、逃亡したのである。

古来、平家を引き合いに出すまでもなく、逃亡者たちは、地の果てまでを目指す。伊勢三郎右衛門の一家が、十津川郷まで足を伸ばしたのは、そのような事情からであろう。

ともあれ、一家は風屋の地で、貧しいながら平穏な暮らしを営み、伊勢三郎右衛門も妻も、やがて死去するのであるが、その間に娘のほうは、土地の杣師であった千本槍のうちの惣吉《そうきち》と夫婦になっていた。

その娘の名が、ふさ――すなわち今の〈お房の方〉である。

一方、順平はというと、惣吉とは幼馴染み、同じ杣師で、しかも千本槍仲間で同じ部落に住むという関係であった。

ふさと惣吉の夫婦の間には、やがて子供も生まれたが、惣吉はある日、仕事中に谷に落ちるという事故で命を失う。

こうして働き手を失ったふさは、幼子を抱え、竹細工に露命をつなぐ、貧しい生活に戻っていた。

ちょうどそんなとき、美貌のふさに目をとめた者がいる。

折も折、遠く十津川まで鮎狩りにきていた、本多出雲守政利だった。

それが十五年前——というから、万治三年（一六六〇）のことである。

このとき政利は二十歳、ふさは二つ上の二十二歳ということになるのだが、政利は、まるでさらうようにして、母子を郡山の城下に連れ帰ったのだそうだ。

藤次郎自身は、まだ天神林藤吉の顔さえ知らない。年齢は十九ということだから、藤次郎より二つ上、兄の勘兵衛より一歳年下、ということになるのだった。

（それにしても数奇な……）

運命であるな、と藤次郎は思う。

そこに一抹の哀れさを感じぬわけではないけれども、結果だけ考えると——。

大収穫、なのであった。

天神林藤吉の正体が、明らかとなったのである。

意気揚揚と引き上げてきた藤次郎たちは、帰途に例の茶店に立ち寄った。

元もとが年輪を重ねた茶店であるからして、いくら磨き上げたところで、茅屋以上には見えない。

だが店先には真新しい床几を置き、緋毛氈を敷いて葦簀《よしず》などもめぐらせ、茶店らしい雰囲気にはなっている。

――どうじゃ、調子は？

日高の問いに、信吉は浪華の出らしく、

――へい、ぼちぼちだす。

と答えた。

そして――。

――それより例の……。

信吉はすばやく、左手人差し指を左の頰に滑らせた。

――おう、姿を現わしたか。

――へえ、両三度ばかり。そやけど……、一足、遅うごわりましたなぁ。

――なに、どういうことじゃ。

――十日ほど前のことでっけど、頰に刀傷のお侍は、どこぞに旅に出たようでごわりまっせ。

――なんと……！

日高は天を仰いだ。

——あとをつけたろか、とも思いましたんやけど、わいも、おかよも顔を知られとりますよってに……。そやけど、行き先の見当はついとります。どうやら大坂みたいでっけどなあ。

——なに、浪華へか。

——ま、そこから先のことはわかりまへんけど。

——ふむ……。

日高は首をかしげた。

藤次郎にしても、亥之助が大坂へ向かう理由の見当がつかない。信吉も言ったように、そこからさらに足を伸ばす可能性もあるのだが……。

信吉が、ことばを足した。

——暗越《くらがりごえ》、と話しているのが聞こえましたさかい、大坂やとわかったんですわ。

大和と大坂を最短で結ぶ道を、暗越と呼んでいる。

平城宮《へいじょうぐう》の三条大路を西にたどり、榁木《むろのき》峠を越えると、行く手には峻険な生駒山が立ちはだかる。その南麓を登っていく先が暗《くらがり》峠で、それで暗越と呼ばれているのだ。

もし亥之助が江戸に向かうつもりなら、大坂まわりの東海道は遠まわりになる……

と藤次郎は考えている。

大名行列ならいざ知らず、平城宮から暗越とは逆に、伊賀街道の加太越《かぶと》えで東海道に結んだほうが、はるかに近く一般的であった。

――ふむ。熊鷲は誰かと話しておったのか。連れでもあったか。

信吉のことばを聞き逃さず、日高は尋ねた。

――へえ、ここへはお連れさんと一緒で……。初めて見えはったお侍で、そうやな、背は五尺六寸か七寸、ひょろっと高うて顔は瓜実顔《うりざね》……、というよりヘチマみたいに青白いうらなりで……。

（誰だろう？）

と藤次郎は思う。

――そのうらなりに、見送りはいらんからと、頬に傷が言《ゆ》うてましたよって、旅の道連れではおまへんな。二人は銀杏の樹のところで別れて、うらなりは、屋形へと戻っていきました。

――暗越、以外に、どのような話をしておったかな。

――寿司をつまみながら、なにやら、ぼそぼそ話しておりましたが、聞こえましたんは、暗越と……、あとは、高輪《たかなわ》やとか、小泉《こいずみ》やとかだけで……。

（なに……小泉！）

藤次郎は、鋭く反応した。

（小泉といえば……）

故郷の越前大野藩における、銅山不正の首謀者であった主席家老、小泉権大夫《ごんだゆう》の名が浮かぶ。

その家老は頓死したが、毒を飼われた、との噂もあった。

熊鷲こと山路亥之助は、その小泉家老の一味であった郡奉行の息子で、父は討ち取られたが、本人はまんまと逃げおおして、今日にいたっている。

その男と、うらなりの間で、小泉の名が出たという。

（これは、看過できるものではない）

しかし……。

高輪は、明らかに地名だとわかる。江戸だ。

（すると、小泉というのも、いずれかの土地の名かもしれぬな）

藤次郎は、考えをこらしたが——。

（わからぬ……）

それ以来、信吉が目撃したうらなり武士は、茶店に姿を現わさない。

5

そうこうするうちに、年も改まって延宝三年になった。

天神林藤吉が、生母を介して出雲守に結びつく線について、すでに江戸の都筑家老には、詳しい報告書を送っている。

折り返して返書がきたが、かんばしいものではなかった。

中務大輔政長の、天神林藤吉に対する愛着は、なまなかなものでないらしい。

家老の文面を借りれば――。

妄執はなはだし、であるそうな。

こと天神林に関するかぎり、これまでも諫言を受けつけなかったし、これからも、少少のことでは、弾劾を受けつけぬであろうと綴られている。

そのうえで――。

動かぬ証拠を、とまでは言わぬが、せめて自分たちの目で確かめよ、という指示がなされていた。

要は藤次郎たちが集めた証拠が、十津川の順平やら、茶店の婆から聞いたことばかりで、それでは弱いということだ。

――ならば天神林めが、〈榧の屋形〉に入るのを、この目で見届けてくれようぞ。

それしかあるまい、と日高は言った。

一方、藤次郎は溜め息をつきたい思いである。

せっかく兄の活躍で得た仕官だが――。

（殿は、図抜けた衆道ぐるいか……）

多少、がっかりしている。

その政長には、フウという正室がいる。

土佐藩主、山内忠豊《やまうちただとよ》の娘であるが、政長には閨《ねや》をともにする気がない。ひたすら天神林に血道を上げているのだ。

だからして、子ができるはずはない。

その政長は、今年四十三歳になった。

このままでは家が絶えてしまうから、二年前には養子をとっている。

常陸国額田《ぬかだ》藩主の、松平頼元《まつだいらよりもと》の次男で小次郎《こじろう》、当時七歳であった。

この頼元は、水戸光圀《みとみつくに》の弟である。

そこには、下馬将軍とも呼ばれる大老・酒井忠清と結ぶ、出雲守政利に対抗しようという、政治的な意味もあったのだ。
そんなこんなを考えたとき——。
藤次郎には、天神林藤吉という存在が、我が藩にとって大きな障害である、と思えてならなかった。
漢書にいうところの——。

一顧すれば人の城を傾け、再顧すれば人の国を傾く。


いわゆる、傾城《けいせい》の輩《やから》ではないか、と思えるのだ。

しかも色香で御上をたぶらかすだけにとどまらず、敵の諜者らしいのである。

それを江戸の都筑家老は、厳然たる処置を指令してこないし、日高老人などは〈この目で見届けてくれようぞ〉で、すませようとしている。

(手ぬるい!)

十七歳、という若さで藤次郎は考える。

これは想像でしかないが、普段の天神林藤吉の生活というものは、四六時中べったりと殿のお側にあって、これをどうこうしようというのには、少し無理がある。

しかし、その天神林が密行《しのび》で〈椎の屋形〉を訪れるならば、そのときこそが好機ではないか。

そのときには——。

（斬ろう！）

藤次郎は、そんなことをひそかに考えてもいた。

剣には、いささか自信がある。

夕雲《せきうん》流を学んだ故郷の坂巻《さかまき》道場で、席次は常に上位であった。

だが、師範代の広瀬栄之進《ひろせえいのしん》から、

——さすがに、無茶勘の弟だけのことはある。

と、ほめられているのだか、まだ兄ほどではない、と言われているのだか、悩ましい思いをさせられたことも再三であった。

兄、勘兵衛のことを誇らしいと思う一方で、同様の体験を繰り返すうちに、

（俺は俺だ）

なにかにつけ兄と比べられる藤次郎には、いつしか兄への対抗心のようなものも芽生えているのであった。

で——。

天神林は、政長が国帰りしているときの正月には、〈椎の屋形〉に顔を出すということだ。

おそらくは、母親への新年の挨拶か、とも思われるのだが――。

（はたして、それだけだろうか）

出雲守政利が、中務大輔政長を――。

亡き者にしようと、今もあきらめずにいるのなら――。

あの屋形が、謀略の連絡場となっていることも考えられるのであった。

この正月、藤次郎と日高は、手ぐすね引いて茶店に通いつめた。

まさに、政長が国帰り中の正月であったからだ。

ところが、これは無駄骨に終わってしまった。

早朝から日暮れまで――。

藤次郎と日高は、狭苦しい茶店の台所の小窓から交代に見張る、つまりは張り込みを松の内（元日から十五日）まで続けたのだ。

だが、ついに現われなかった。

この異変の原因は、容易に類推ができる。

思えば、この十年ほどを――。

天神林藤吉も四月朔日三之助も、一度も疑われることなく、今日まできた。

都筑家老の政長への諫言も、ただただ天神林に対する、いきすぎた寵愛ぶりに対するものでしかなかった。

だが、昨年の襲撃未遂事件があって、にわかに二人の小姓を見る目が変わったのである。

そのため、国家老である梶金平の意を受けた者たちが、ひそかに二人の小姓の動向に目を光らせていた。

それを天神林たちは敏感に悟って、

（用心しているのでは、ないか）

そう、思われるのである。

そして――。

五月になった。

すでに本多出雲守政利は帰城し、入れ替わりに中務大輔政長の参勤の日が近づいてくる。

今、城内は参勤の支度で、ごった返しているころであった。

そんな間隙をついて――。

天神林藤吉が〈榧の屋形〉に姿を現わすのではないか。

藤次郎たちは、そう予測していた。

敵対する両藩主が、この大和郡山で重なる短時日のうちに――。

あの〈榧の屋形〉で、秘密裏の打ち合わせがおこなわれるのではないか。

確信するだけの根拠は乏しい。

だが昨年の十一月、藤次郎たちが十津川まで足を伸ばしていた間に、熊鷲こと山路亥之助は、〈榧の屋形〉を出て旅立っている。

そのことが、気にかかる。

（昨年の熱海での失敗を……）

今度こそ取り戻そうと、画策しているのではないだろうか。

（ならばこそ……）

江戸へ向けて出発する前に、段取りを打ち合わせておくことが必要となる。

藤次郎たちの読みは、おおむね、そのようなものであったのだが、いよいよ参勤の日も一日、一日と近づいてくるにつれて――。

（きっと、くる）

必ずくるはずだと、藤次郎は勢い込むのであった。

そして政長の参勤の出発日まで、あと九日——という日。

ずいぶんと長い寄り道をして、場面は冒頭に戻るのであるが、藤次郎と日高の二人は、きょうも城下を出て菅田村に入った。

老中屋敷

1

午後の陽光を浴びる松林の際《きわ》に、古ぼけた茶店がある。

そこに信吉夫婦が住むようになって、もう半年以上が過ぎていた。

日高は、まるで我が家のように訪《おとな》いも入れず、茶店に入るとまっすぐ台所に向かった。

そこに信吉がいた。

白い半纏《はんてん》で、頭にはきりきりと手ぬぐいを締めている。大坂の寿司屋でも、そのような装いで仕事をしていたのであろう。

その姿で、信吉は脚立《きやたつ》に跨《また》がって腰掛け、白い背を向けていた。

そうしていると、ちょうど小窓の高さと目線が合って、腰掛けたまま銀杏の樹あたりが見通せるのだ。そこが〈椪の屋形〉への、一本道の入り口だった。

だから信吉は、すでに藤次郎と日高がやってくるのを承知していたのだろう。別に驚くでもなく気配に振り返り、頬に笑みを浮かべた。

「おかよは？」

日高が尋ねる。

「へえ。裏で洗濯を」

「そうか。で、どうじゃったな」

「へえ、おかよと交代で、目ぇ皿にして見とりますが、相変わらず屋形へは誰も……。きょうは逆に、ほれ、あのうらなりが姿を見せよりました」

「ほう。それは、ずいぶんと久しぶりのことじゃの。いつごろのことじゃ」

「へえ、まだ、四半刻（三十分）とは、たっとりまへん」

「はて……？　途中、そのような者とは出会わなかったぞ」

「いえいえ、この茶店の前を通って、川西村の方向へ行きましたんでおます」

「おう、そうなのか」

川西村は、城下の方角とは逆であった。

日高は藤次郎と顔を見合わせ、ちょっと首をひねったが、

「そうか。ご苦労じゃな。では、あとは我らにまかせておけ」

「へえ、ほんじゃ」

脚立から下りた信吉と交代に、

「よいしょ」

かけ声とともに、日高が脚立にとりついた。

日高は天神林の顔を見知っているが、藤次郎は知らない。だが、十九歳の美青年というから、見当はつくはずだ。

(伊《い》波《なみ》利三《としぞう》さんのような感じか……)

藤次郎は、そんな想像をしている。

兄の親友で、故郷では名高い美青年であった。

余談ながら、この茶店は、雀寿司を名物にするはずであったのだが――。

海のない大和では、江鮒の入手が難しい。

最初のうちこそ大坂から運ばせていたけれども、その分、割高になって――。

「とても商売になりまへん」

と、信吉はこぼした。

そして鰻《うなぎ》の押し寿司が、雀寿司にとって変わった。

さらには――。

諸子《モロコ》寿司というのが加わった。

なんでも近間の川で、一月から三月ごろにかけて、

「もう、いやっちゅうくらい捕れるそうでんねん」

モロコは、元もとが池沼に棲む淡水魚であるが、冬から春にかけてが産卵期で、大集団を作って川に押し寄せる。

「一丁、こいつで寿司ができんか、と思いましてん」

とは言っても、諸子は一寸にも満たないほどの小魚であった。

それを工夫して、信吉は寿司に仕上げた。

ちょうど佃煮みたいに煮詰めたものを、寿司飯の上に敷き詰めて押し寿司にする。

これが、なかなかの美味である。

川魚の臭みをとるのに、まずは茶でゆっくりと煮る、というのが秘伝らしく、釜から上げたのを酒や生姜《しょうが》や砂糖で煮詰めたものが、寿司ネタになるのだった。

佃煮同様に日持ちがするから、仕込んでさえおけば、半年くらいは使えるのだそうだ。

まあ、そんなことはどうでもいい。

そろそろ七ツ（午後四時）に近いころだ。

藤次郎は、日高と交代して脚立の上にいた。

その台所で、おかよが竈《かまど》に向かって飯を炊きはじめている。夕餉の支度をはじめたのだろう。

台所からは、裏の松林に出ることができて、そこに井戸やら便所などの設備がある。雨風がひどいとき以外、煮炊きものは戸外に七輪を持ち出しておこなう。でないと、ひどく煙がこもって、寿司飯を損《そこ》なうらしい。

隣村の法界寺から、やがて七ツを報らせる鐘の音が届いてきた。

すると——。

「代わろうか」

土間との仕切りになっている、紺色の暖簾を分けて入ってきた日高が言った。

「あ、はい」

脚立を下りた藤次郎は、入れ替わりに土間へ出た。

四坪ほどの土間である。

表通りに面していて、松林側には六畳の部屋がある。そこが内所で、信吉夫婦が寝起きしたりする生活空間だ。

つまり、この茶店は、六畳の部屋に土間に台所からなっている。

内所の障子は、半分ばかりが開け放たれて、そこから片肘ついて横になった信吉の顔が見えた。

「きょうも暇そうですね」

藤次郎たちがきてから、一人の客もない。

「そやねん。久しぶりの上天気やからと期待しとったんやが……」

さほど残念そうでもなく、さらりとした口調だった。

大坂に生まれ育った信吉には商才もあったらしく、いつの間にか城下にある「鮒《ふな》源《げん》」という料理屋に売り込んで、毎日決まった量の寿司を納めている。

朝一番に、料理屋の小僧が受け取りにやってきたり、仕込みが遅れたときは届けたりして、それで十分に日日の生活《たつき》は立つのだと言う。

土間には空き樽と空き樽の間に板を渡し、それに花茣蓙《はなござ》を敷いただけの置き台があり、それを取り囲むように、腰掛け用の空き樽が六つある。

滅多にはないことだが、表の床几が客でいっぱいになったときとか、荒天や寒冷で表が使えないときに客を迎える場所だ。

その空き樽のひとつに、藤次郎は腰掛けた。

「どれ、茶でも淹《い》れてきまっさ」

言って信吉はむっくり起き上がり、障子の陰に消えた。

内所からも、直接台所へ出られるのだ。

その直後のことだった。

ふいに表に、人の気配がした。

夏のこととて表戸は開け放たれ、土間との間には縄のれんがかけられているだけだ。

「…………」

その縄のれんの向こうに、人影が差した。

足許が見えた。男のようだ。

草履を裸足に履いている。袴は桑染地《くわぞめ》（薄黄色）に白抜きの菖蒲革《しょうぶがわ》紋。侍のようだ。

足拵《あしごしら》えからして、旅の侍ではない。それも、ごく近所まで、ふらりと出かけたという様子である。

袴の色からは、藩士でもないとわかる。

（すると……）

一瞬の間に、そこまで見て取って藤次郎は緊張した。

と、そこへ、縄暖簾が分けられた。

「………」

そのまま、男の動きが止まった。

土間の藤次郎に気づいたのだろう。

明るい陽光を背にしているために、藤次郎からは男の顔がよく見えない。

男のほうでも――。

薄暗い土間に座る藤次郎の容貌が、よく見えぬらしい。

「…………」

互いに無言のまま、二人の動きは凍りついている。

（おや……）

目が慣れてきて、藤次郎はその侍に見覚えがあるような気がした。

（はて……？）

細く面長《おもなが》で、頬はこけている。

（こやつが、うらなりか……）

そうと見当をつけたが、たしかに見覚えがあるような気がする。

一方、侍のほうでも――。

まじまじと藤次郎を見つめてくる。

そのとき台所の暖簾を分けて、信吉が姿を現わした。土瓶と湯飲み茶碗を手にしている。

縄暖簾を左手で掻き分けたまま、黙念と立つ男に気づいたようだ。

「あ、いらっしゃいまし……」

信吉が声をかけるのと、

「お！」

男が、小さく声をあげたのとが同時だった。

次の瞬間、縄のれんが閉じられた。

「おや……まあ……」

あっけにとられたような声を出し、信吉は藤次郎を見た。それから縄のれんに首をつっこみ、表の様子を確かめた。

「どないしたんやろ。えらい勢いで走ってまんがな」

「ふむ……？」

釈然とせぬまま藤次郎は立ち上がり、

「ひょっとして、あれが、うらなりか？」

「さいだす」

「ふむ」

もう一度、不審の声をあげたあと、

「あ！」

今度は藤次郎が、声をあげていた。

あの男が誰だったかを、思い出したのだ。

藤次郎は、台所に駆け込んだ。

「どうした？　武士が一人、えらい勢いで〈椢の屋形〉への道を駆け上がっていったぞ」

脚立から表を見張っていた、日高が尋ねる。

「はい、あれが、うらなりだそうで」

「ほう」

「実は……」

故郷の越前大野藩で、かつて銅山不正が発覚したときのこと——。

大目付が放った捕り手たちの手を逃れ、逃亡した者が三名いた。一人が熊鷲こと山路亥之助で、一人は山路家用人の長谷川《はせがわ》八百三郎《やおさぶろう》、もう一人が首魁であった国家老・小泉権大夫の若党で春田《はるた》久蔵《きゅうぞう》という。

長谷川は、すでに大野藩より差し向けられた討手によって、江戸は湯島天神にて討ち果たされている。

「なに、そのうちの一人だというのか」

日高が驚いた声になった。

「はい。少少面立《おもだ》ちも変わっておりましたし、故郷にても、たまたま見知っておったという程度だったので、すぐには気づきませせなんだが……いや、あれは、まちがいなく春田でした」

「ふうむ……となると……」

日高は、首をひねる。

「あっ！」

もうひとつ、藤次郎は思い出した。

「どうした？」

「はい。ほれ、亥之助……いや熊鷲が、いずこかへ旅立つとき、この茶店での春田とのやりとりのなかで、小泉の名が出たそうではありませぬか」

「うむ。高輪に小泉であったな。しかし……」

もう一度、首をひねって日高が言う。

「ま、春田が小泉の家の若党であったのなら、その名が出たとしても不思議はなかろう」

「それはそうですが……」

「それよりも、じゃ。なにゆえ、その小泉の若党がここに……あ、こりゃいかん」

老人とも思えぬ素早さで、日高は脚立を下りてきた。

「で、どうなのじゃ。うらなり……いや、春田か。そやつのほうでも、そなたに気づいたのではないか」

「そうでしょうね」

だから春田は、泡を食って逃げ出したのであろう。

「いかん、いかん。これは、ぐずぐずしておれんぞ。すぐにもここを引き上げよう」

なぜ落合藤次郎が、大和郡山にいるのか。

春田は、そう考えるにちがいない。

それも、敵の本拠地かもしれない〈榧の屋形〉の目の前であった。

「こりゃ、危ないぞ。しばらくは［柳屋］に身を潜めておこう」

結果的に、この日高の判断は正しかった。

3

翌日の昼近く［柳屋］に、茶店のおかよがやってきた。

きょうも好天は続いていて、もう梅雨も明けたのではないか、などと［柳屋］の主人が言っていた。

それはともかく、おかよの話である。

きのう、藤次郎たちがそそくさと茶店を出ていったあと、付近で、にわかに人の動きが激しくなったという。

〈榧の屋形〉から七人の人影が現われて、一人は北の城下に向かって走り、三人は茶店前を過ぎ竹内街道を南に下っていった。

それを聞いたとき、藤次郎は思わず日高の顔を見た。

実は昨夕、茶店を出たあと、藤次郎は日高に急《せ》かされて、二人してほとんど走るように城下まで戻ったのであった。

おかげで［柳屋］に帰り着いたときは、ともに汗だくとなってしまったが、あれはまさに日高の卓見だったと感心したのである。

七人のうち残る三人は、物陰に隠れるように、茶店を取り巻いたそうだ。

「そのうちには、あのうらなりはんも、いてはりましたそうで」

「なるほど、見張られたのじゃな」

顎を掻き掻き、日高が言う。

藤次郎と日高が引き上げたあと、信吉があの脚立から、逆にかれらを見張っていたわけだ。

「やがて日暮れがきて、いつものように店を閉めたんでおますけど……」

おかよが、小さく首をすくめて続けた。

「うらなりはんを先頭に、うちの戸口をガンガンたたきはるし、そら、もう、おそろしおましたで……」

「そりゃ、こわい目をさせて、すまなんだのう。で、どうした……」

「へえ、そちらの落合さまのことでおます。夕刻に茶店におった若い侍は、どないしたか。どういう関係やと、もう、それは矢継ぎ早に聞きはるんです。もちろん、うちのひとは、ただの通りがかりのお客はんで、茶を飲んだあとすぐに出ていかはりました、と答えましたんですけど、そら、もう、しつこうに、どんな話をしたかとか、どこからきたと言うとったかとか、連れはおらんかったかとか、あれこれと……」

「そうか。で……」

「茶を頼まれた以外は、なんの話もしておりまへんし、お一人さんでございました、としか答えとりまへん」

横で聞いていて、藤次郎にも状況は伝わった。

春田久蔵は、思いがけぬところで落合藤次郎と出会い、あわてふためいたにちがいない。

なにしろ臑《すね》に傷持つ身であるから、藤次郎を大野藩が差し向けた討手、あるいはその一味、くらいには考えたかもしれない。

まさか藤次郎が大和郡山の藩士となって、天神林藤吉の素性を調べている、などとは思いもしないだろう。

（いや、わからぬぞ……）

なにしろ、誰が味方で、誰が敵かさえわからぬ混沌の家中なのであった。あるいは兄・勘兵衛の縁で、藤次郎が大和郡山藩に仕官した、くらいの情報は、とっくに流出しているものと考えたほうが賢明かもしれない。

いずれにせよ春田は、藤次郎を捕らえるべく手を打ったようだ。

そこで街道の双方にひとをやり、自分たちは、まだ茶店に残っているかもしれぬ藤次郎を待ち伏せた——。

おかよの話は、続いていた。

「うちのひとが、知らぬ存ぜぬで通しても埒《らち》があきまへん。とうとううちのひとが、わてが湯飲みと土瓶を盆に載せて、台所から出てくるところを、あんさんも見てはりましたやろ、と言いましたら、ようよううらなりはんも納得しはったみたいで」

あれは、折がよかった、と藤次郎も思う。誰が見ても、茶店の親父が客に茶を出す図であった。

「そうか。よくぞ知らせてくれた。しかし……」

ふと日高は、表情を厳しくすると、

「ここへ来るのに、あとをつけられたりは、しておるまいの」

「それはもう、せいいっぱいに気をつけて……。[鮒源《ふなげん》]さんに寿司を届けたあとは、城下でいろいろ買い物なぞもして……」

その間、尾行がないかを確かめたうえでやってきた、と言うおかよは、

「それに急いで、もうひとつお知らせを、せなならんことがおましてな」

「なんじゃ」

「へえ。あの、うらなりはん。今朝の、まだ日も明けんうちに旅立たれましたで」

「なんと……」

旅装の春田は、城下の方向に向かったというが、もちろん、行き先はわからない。

なにしろ、この大和、名のある街道のほかに、我が国最古の道といわれる山辺《やまのべ》の道を皮切りに、佐保路《さぼじ》、佐紀路《さきじ》、上《かみ》つ道、中つ道、下《しも》つ道などなどの無数の古道もあれば、また間道もあるといった具合で、さて、どちらへ向かったかなどは、知りようもない。

ただ春田が、早くも行方をくらませた、ということだけが確かに思えた。

日高はおかよに、

「当分の間、わしらは茶店に顔を出さんほうがよさそうだ。おまえと亭主で、よく見張ってな。なにかあれば、また知らせてくれ。しかし無理はするな。なにかおかしいと思ったら、あんな茶店などほっぽらかして、すぐにも逃げろ」

かえって、こわがらせている。

そしておかよが引き上げたのち、

「さて、どうしたものかのう」

腕組みし、目を閉じて、どれほどか日高は沈思黙考にふけっていたが、ふと目を開いた。

「少し雲行きが、変わったようじゃの」

窓から望む空は、いつしか雲で覆われて、曇天に変わっている。

「ま、しばらくは、ここでほとぼりが冷めるのを待つしかあるまい」

「しかし、そうも言ってはおられません。なにしろ、あと七日しかありません」

七日たてば、天神林藤吉らは参勤の供をして、江戸へと旅立ってしまうのだ。

「逸《はや》っても仕方あるまい。それにもう、天神林は、あの屋形には現われまいよ」

「…………」

そうかもしれぬ、と藤次郎はほぞを噛んだ。

(なぜ、土間などに、のこのこ座っておったのだ)

返す返すも、そのことが残念だった。

日高はそのことを責めぬが、あれは大失敗だった、と藤次郎は思っている。

見張りを交代したあと、いつも土間の樽に腰掛けるのが常だったが、きのうばかりは、それをやってはならなかった。

まさか、うらなりが春田だったとは知らなかったとはいえ、その日にうらなりが他出していたことは聞いていたのだから、当然、用心をすべきだった。

そんなふうに、藤次郎は自分を責めた。

昼餉を終えたあたりから、雨が落ちだした。

またも梅雨に戻ったようだ。

八ツ（午後二時）を過ぎたころ、別所小十郎がやってきた。

息せき切っている。

「どうした、四角どの」

「どうしたもこうしたもない。どうも様子がおかしいぞ」

別所は、早口にまくし立てた。

「つい先ほどに、役所で耳にして、それでにわかの腹痛と偽って城を出てきたのだ。いや、ともかく無事でよかった」

「おいおい四角どの、それではさっぱりわけがわからんぞ」

日高のほうでは、落ち着き払ったものである。

「わけがわからんのは、こっちじゃ。どうやら徒目付《かちめつけ》たちが、目の色を変えて探しているのは……」

別所が藤次郎を見た。

「そなただ。名まで割れておるぞ。落合藤次郎、偽名を使っておるかもしれぬが、十七歳くらいで越前訛りがあり、背丈はこれこれと細かな特徴までが指示されておるそうだ」

聞いた話では——と断りを入れたうえで、昨夜は城下の旅籠と、近隣の宿場町の旅籠に、それらしい人物が宿泊していないか、宿改めがおこなわれたそうだ。

きょうは、さらに遠方にまで、探索の手が伸びているという。

「ううむ……」

日高が、さすがにうなった。

「いったい、どうして、このような事態になったのだ」

尋ねる別所には、

「実は……」

昨夕のことを、かいつまんで藤次郎は説明した。

「なるほど、そのようなことがあったか。いやはや、奇《く》しき縁というか、世の中は狭いというか……、いや、そんなことよりどうする？」

「さあ、そこのところじゃ」

決断をつけたか、日高の声は重重しかった。

「藤次郎は、一足先に江戸へ戻るがよい」

「え、江戸へですか」

思いがけぬことばに、藤次郎は驚いた。

「そうじゃ。まず第一に、もう、この地でやるべきことはない」

「そうでしょうか」

「そうじゃ。考えてもみよ。今回がことは、単にそなたと春田の因縁だけでは説明がつかぬ。たかが他藩の家老の若党だったものが、なにゆえ本多出雲の徒目付を総動員できようか。つまるところ、あの〈榧の屋形〉が、人に知られては困る賊塞《ぞくさい》であることの、なによりの証拠ではないか」

「ははあ……」

なるほど、春田づれに、そのような力があるはずもない。

「機を逃して、先ざきを固められては動きがとれなくなる。すぐにも江戸に発て。それでな……」

「はい」

「まずはすべてを、我があるじに告げるのじゃ」

都筑家老への報告を指示したあと、

「それから、勘兵衛どのにも会え」

「兄にですか」

「そうじゃ。勘兵衛どのは、元もとが熊鷲めを追って江戸にきたのだ。だからして、熊鷲のこと、春田のことは隠さず伝えるのがよい。つらつら考えておったのだが、どうにも気になることがあってな」

「気になること？」

「そうじゃ。ほれ、熊鷲と春田が茶店で交わしていたことばのことじゃ」

「はい。暗越、高輪、小泉でございましたな」

「うむ。なにやら判じ物のようじゃが、小泉は、どうやら春田が越前大野で仕えておった家のようじゃし、あと高輪というのがな……」

「…………」

「越前大野藩の江戸下屋敷は、たしか高輪にあったのではないか」

「あっ」

そのように繋がるのかと、藤次郎は虚をつかれた思いだった。

「はたして、それが正しいかどうかは、わしにはわからん。また判断のしようもない。だが勘兵衛どのなら、別の思案もあるのではないかと思ってな」

「そこまでは考えがまわりませんでした。はい必ず、兄に伝えましょう。しかし……」

なぜ藤次郎とともに江戸に戻らぬのか、と藤次郎は尋ねた。

「わしには、まだ、やることがいくつかある」

国家老の梶金平への報告であろうな、と藤次郎は思った。また、日高自身が大坂から連れてきた、信吉、おかよの夫婦のこともあろう。

「しかし、危険ではありませぬか」

「なんの」

日高は完爾《かんじ》として言った。

「その心配ならいらぬ。きゃつらが追っておるのは、や、やつがれごとき年寄りではないわ」

そうだった。

「率爾《そつじ》ながら」

そのとき別所が、横からことばを挟んだ。

「万一のことあれば大事ゆえ、それがしが途中まで道案内をいたそう。これでも、この土地の生まれ、間道なども知り抜いてござる。幸い雨も降っておることゆえ、雨装束で風体を隠して発たれるがよかろう」

こうして、この日、藤次郎は別所の手引きで、山越えの間道を使い石切峠で柳生街道に入り、さらに伊賀街道で伊勢の津まで行き、そこから江戸を目指したのであった。

4

そのころ藤次郎の兄である落合勘兵衛は、越前大野藩江戸留守居役の松田与左衛門《まつだよざえもん》とともに、外桜田の御門外にいた。

老中、稲葉美濃守正則《いなばみののかみまさのり》の上屋敷である。

この二年近く、越前大野藩は、大きな秘密を抱えていた。それも家中《かちゅう》ですら、ごく数名の者しか知らぬ、というほどの大きな秘密であった。

今から二年前ほど前の、寛文十三年六月のこと——。

越前福井の城下町を、一人の若者が出奔した。

若者が目指した先は越前大野藩の江戸上屋敷であり、若者は、ここで極秘裏に匿われることになる。

若者の名は松平権蔵《まつだいらごんぞう》といって、実は福井藩主・松平光通《みつみち》が側室に生ませた子であった。

ところが光通は、越後高田藩主・松平光長《みつなが》の娘である国姫《くにひめ》を娶《めと》るにあたり、権蔵の存在をひた隠しに、隠さねばならない事態に陥ってしまっていた。

その間のいきさつについては、これまでにも述べてきたので繰り返さないが、それが原因で権蔵は、隠し子としての道を歩みはじめる。

ところが父の光通と国姫の間には、一向に嫡子に恵まれない。あげくに、それを苦にした国姫が自害した。

そのことに姫の実父である松平光長は激怒、なにをどのように勘ぐったかはわからぬが、国姫自殺の原因が隠し子の権蔵にあると決めつけて、ついに刺客まで放った、という噂が駆けめぐる。

それで縮み上がった権蔵だが、肝心の父親はというと、これが頼りない。守ってくれるどころか、あくまで権蔵など知らぬ存ぜぬで通そうとする。そればかりか、今にも押し込めにでもしようか、という腰の引け方だ。

こうして権蔵は、逃げ出した。

頼るは、権蔵にとっては大叔父にあたる松平直良《なおよし》、すなわち越前大野藩主であった。

直良は、窮鳥懐に入れば……の武門の意地で、これをひそかに匿うと同時に、いずれは光通と権蔵の父子の間に立って、関係を修復させてやろうと考えていた。

ところが光通のほうでは、いないはずの隠し子が出奔、さらには、その行方さえわからない。

もしいずこかに権蔵が現われて、光通の嫡子だなどと言い出せば、もう自分の面目は丸つぶれになる、と考えた。

ついには庶弟を跡目に、との遺書を残して、短慮にも自害して果てる。

さて、こうなってしまうと、権蔵を匿っていた松平直良は、どうにも動きがとれなくなってしまった。

なにしろ越後高田も、越前福井も親戚筋であるから、うかつなことはできない。

そんななか、父亡きあとの越前福井藩では遺言どおりに襲封がおこなわれたが、これに権蔵は不満である。

唯一の男児である、我こそが福井藩を相続するのが筋ではないか、と思うのである。

そして故郷の主立った者たちに密書を送ったから、さらに事態はややこしくなった。

福井から、権蔵のもとへと脱藩してやってくる者あれば、何者とも知れぬ一団が、大野藩江戸屋敷を四六時中、見張りはじめる。

まるで箱根の寄せ木細工を、さらに膠《にかわ》で固めたような、この難問を、一枚一枚はがすようにしながら解決に導こうとしたのが、松田与左衛門と、その配下である落合勘兵衛だった。

そして、その解決が、もう目の前であった。

四日後に松平権蔵は、大野藩主の松平直良に伴われて江戸城に上がることになっている。

将軍・徳川家綱《いえつな》の謁見を受け、従五位下備中守の官位を授けられる予定であった。

（ようやく、ここまできた……）

勘兵衛は、感無量である。

（殿の、一分《いちぶん》も立とう）

将軍によって認知された以上、もう権蔵は立派な越前松平家の一員で、誰からも横槍を入れられることはなくなるのだ。

きょう勘兵衛と松田は、稲葉家用人の矢木策右衛門《やぎさくえもん》と会って、四日後に迫った将軍との謁見について、最後の実務的な打ち合わせをしているのであった。

「で、権蔵さまの今後は、どのようになりましょうかの」

松田が尋ねている。

「どのように、とは……？」

「ま、俸禄と申しますか、扶持《ふち》と申しますか……」

「ああ、その件か」

矢木は小さく笑い、

「ま、とりあえずは五百俵ほどの捨て扶持になろうか、と殿が言われておりましたな」

「ははあ、えらく少のうございますな」

「まことに……。したが、今年は大飢饉で米も不足がち……ということもございますが、酒井大老の手前もありましてな」

「ふうむ……」

松田は苦い顔になる。

実は大老の酒井と、越後高田の光長は、近ごろ急接近している。

ことは、いまだに嫡男のない現将軍の継嗣問題に関わるらしい。

つまりは酒井にとって光長は、お仲間ということになるわけだ。

すると、光長にはおもしろかろうはずのない権蔵の認知は、やはり酒井にとってもおもしろくなかろう、ということになるのであった。

それを勘兵衛たちは、老中の稲葉正則や、若年寄の堀田正俊《ほったまさとし》たちに働きかけて、ようやく実現に漕ぎ着けたのだ。

「だが、なんというても、越前松平家に連なる御方だからな。いつまでも五百俵ではすむまい、と我が殿も仰せであった」

「そういうことでござる。五百なら、そこらの旗本と変わりませぬぞ。それも小普請《こぶしん》組《ぐみ》並みでしかありませぬ」

「ま、しばらくのことでござるよ。すぐには大名とまでは無理としても、近いうちに大名並みの扶持には持っていくつもり、とのことでござれば」

「うーむ。仕方ござるまい。で、屋敷のほうでござるが……」

「あ、いや。それは当分、無理のようであるな」

「なんと……」

「空き屋敷がござらぬ、そうだ。よって、これまでどおりに、貴家にて居候をさせるもよし。そうそう、支度金として二百両が下賜されるようだから、それで、いずこかに屋敷を借りられるのもよかろう」

「じゃが……二百両ばかりではのう。屋敷の拝領は、いつになるかわからぬのでござろう」

「そう言われましてもなあ。まあ、乗りかかった船、とも言いますからなぁ」

「なんと、我らで面倒を見よ、とおっしゃるか」

松田は目を剝いたが、

「ふむふむ、とんだ物入りよのう」

などと、つぶやいている。

勘兵衛としては、なんとも退屈なひとときであった。

ちょうど、そんな折――。

「入るぞ」

声がして、入ってきたのは小田原藩の家老で、稲葉家の江戸留守居役を務めている田辺信堅《たなべのぶかた》であった。

「これは、田辺さま」

松田と一緒に頭を下げた勘兵衛に、

「うむうむ。いや、邪魔をしてすまぬな。実は先ほど、殿が城下がりされたのだが、落合どのがこられていると知って、ぜひ会いたいと仰せでな」

「わたくしにですか」

勘兵衛は驚いた。

以前に一度、勘兵衛は築地にある小田原藩下屋敷において、稲葉正則とことばを交わしたことはある。だが、本来、一藩の軽輩が老中と会うこと自体が異例なのだ。

だが松田は目でうなずき、

「こちらは、拙者一人で間に合うゆえな」

「は、では失礼をいたします」

勘兵衛は席を立った。

5

稲葉正則は色黒く痘痕《あばた》顔で、しかも容貌魁偉という表現がぴったりの大男だ。

表情にも声にも精気があふれていて、だが、心配りは繊細だった。

「おう、呼び立ててすまぬの。ま、堅苦しくせずに座れ」

そして前置きなしに言った。

「去年のことを持ち出して迷惑じゃろうが、そなたと少し話がしてみたくてな」

「は！」

かしこまって見せたが、

（はて、去年のこと……？）

勘兵衛の心当たりとしては、大和郡山藩の大名行列襲撃未遂事件のことが、いちばんに浮かぶ。

それは熱海への道筋で、ちょうど小田原藩領内のことであった。藩主の稲葉が、たまたま老中であったこともあり、事件は極秘裏のうちに処理されて、ことなきを得たのである。

そのことが、落合勘兵衛という一介の田舎侍が、稲葉正則の知己《ちき》を得る、というきっかけにもなった。

だが、稲葉の口から漏れたのは、予想もしないことだった。

「そのほう、平川天神の、さる大名屋敷へ乗り込んだそうじゃの」

「あ、ははあ」

あれは、忘れもしない昨年の八月二十八日のことだった。

我が藩邸を見張る一団が、越後高田藩の面面と突き止めた勘兵衛は、その日、決着をつけるべく、平川天神前の越後高田藩下屋敷に乗り込んだのである。

「聞くところによれば、そこの江戸留守居と用人を相手に、ぐうの音《ね》も出させぬほどに論破したそうではないか」

　さては大岡忠四郎《おおおかただしろう》から耳に入ったな、と勘兵衛は悟った。

　大岡は幕府大目付で、稲葉老中とひそかに同盟を結んでいるらしい。勘兵衛が越後高田藩と直談判に及ぶについては、大きな力を貸してもらった。

「論破などと、たいそうなものではございません。心ある方がたの誘掖《ゆうえき》（助力）あって、どうにか説得ができたのでございます」

「はは、なかなか……」

　稲葉は笑った。

「脅しつけた、と聞いたがな」

「とんでもございませぬ」

「まあ、よいわ。そのほう、いくつだったかの」

「は、二十歳に相成ります」

「ふむ、二十歳でのう」

　稲葉は感に堪えたような口調になり、

「ふふ、小気味よいやつよのう。それに、わしもよい土産をもろうたわ」

「はて、土産をですか」

「さよう。さる大名家のな、大物家老の判物《はんもつ》じゃ」

「あ……」

絶句するしかなかった。

判物とは上位の者から下へ渡す念書のことで、稲葉の言う大物家老とは小栗美作《おぐりみまさか》のことに他ならない。

なにしろ越後高田という大藩を牛耳る実力者で、しかも一万七千石という、大名並みの俸禄を得ている。まさに大物家老なのだ。

その小栗美作が、松平権蔵を討ち取るべく、他藩（越前福井）の家士を、密偵に仕立てて脱藩させている。

その密偵を、必ず高禄で召し抱えると出した判物を入手したことが、今回、松平権蔵を、世に出すことに繋《つな》がったのである。

（ふうむ、あれが……）

稲葉老中の手に渡ったか……。

その判物を、筺底《きょうてい》深く埋もれさせる、すなわち表には出さぬことを条件に、勘兵衛は越後高田藩に、今後は松平権蔵に手を出さぬと約束させたのであったのだが――。

「なに、案ずることはないぞ」

勘兵衛の顔色を読んだか、稲葉が言った。

「よい土産ではあるが、当分は使えぬ品じゃからな。もし役に立つときがあらば、そのときは、さる大名家がつぶれるときじゃ」

「は！」

ならば安心、というより勘兵衛は、政治の中枢にある人物の口から、一藩取りつぶしの大事が、こともなげに出てくることに恐懼《きょうく》した。

「で、土産のお返しと言ってはなんだがな……」

「はい」

どうやら自分を呼んだのは、こちらのほうだったのではないか、と勘兵衛は反射的に悟って、緊張した。

「ほかでもない、御家《おいえ》の御嫡男のことだ」

若殿である直明《なおあきら》のことを持ち出され、勘兵衛はますます緊張する。

「ははあ、それは汗顔《かんがん》の至りです。いろいろとお耳触りのこともござりましょうが、なにとぞ、お目こぼしのほどをお願い申し上げます」

言って、勘兵衛は深ぶかと頭を垂れた。

実は松平直明、普段より素行が悪く、勘兵衛たちの頭痛の種だ。

それで先まわりしておいた。

「いやいや、おまえたちも苦労するのう。わかっておる、わかっておる。少少のことなら目をつぶるつもりじゃ」

直明の行状は、幕閣の耳にも届いているはずで、うっかりすれば、それが改易の引き金にもなりかねないのである。

そんな憂き目にあわぬためにも、幕閣に一人でも多くの味方を作るのが、勘兵衛に与えられた役目のひとつだった。

「かたじけのう存じます。若君には、必ずや身を正させますゆえ、今しばらくのご猶予をお願いいたします」

「そう願いたいものじゃな。近ごろは、北里《ほくり》あたりに通いつめておるそうじゃが」

「え、まことでございますか」

勘兵衛は仰天した。

北里というのは新吉原のことで、廓の中の意味で〈なか〉ともいう。これに対して深川あたりを南里《なんり》、あるいは南方《なんぽう》などと称している。

「はは……、やはり知らなかったか。それでも少しは気を遣うてか、変装のうえに偽名までを使って遊んでおるようだ。そのあたりはかわいいものだ」

稲葉は笑ったが、勘兵衛は、それどころではない。

なにより、身内の自分たちが知らないことを、老中のほうが先に知っている。そのことが勘兵衛には衝撃だった。

幕府の情報網のすごさは、勘兵衛も、これまで身に沁みて実感している。

「…………」

「ま、新吉原《なか》で遊んだとて、どうということはない。元もとがそういう場所だ。偽名など使わんでも、そんなことで咎《とが》めだてなどはせん」

「はい」

「ただな……」

「はい」

「流連《いつづけ》は、いかん。もし他より突き上げがあった場合、かばいきれなくなるからの」

「なんと！」

勘兵衛は、ことばを失った。

流連ということは、吉原に泊まったということになるからだ。

この江戸で、大名や旗本の当主は、定められた住居以外で外泊することは許されていない。緊急の使者に対応できない、というのがその理由のひとつであるが、これは当主の妻や子供たちにも当てはめられる。

元来が人質、という存在なのだから、物見遊山にしても日帰りで、旅行や外泊などは前もって幕閣に届け出て、許可を得る必要があった。

つまり直明は、この禁忌を破ったわけで、勘兵衛は自分でも、顔色が変わっていくのを覚えたほどである。

「なに、度重なるとまずいゆえ、老婆心から申したまでじゃ」

「ご厚意のほど、痛み入ります」

稲葉正則のもとを退出して、勘兵衛はにわかに怒りがこみあげてきた。

(伊波さえ、いてくれれば……)

直明の側近で、若殿付き小姓組頭だった伊波利三は、幼いころからの親友である。

だが昨年、その伊波は直明の不興を買い、憤然として故郷へ立ち帰った。

今、直明を取り巻く側近たちは、揃いも揃って追従《ついしょう》しか能のない連中ばかりである。

伊波と入れ替わりのように、故郷の大野から、小泉長蔵《ちょうぞう》が若殿の付家老として江戸にやってきた。

小泉長蔵は、今は亡き元国家老の長男で、落合家とは悪縁があって、仇敵のような間柄だ。

(小泉め、なにを企んでおるのだ)

激しい怒りは、小泉への敵愾心を燃え立たせる。

(それにしても……)

よくぞ教えてくれた、と勘兵衛は思う。

知らなければ、手の打ちようがないところだった。

(なるほど、土産のお返しか……)

なにか、ほろ苦いものが、勘兵衛には残った。

若君ご乱行《らんぎょう》

1

稲葉正則の屋敷で、勘兵衛が伊波利三のことを思い浮かべていたとき、利三は奇しくも勘兵衛の実家にいた。

越前大野・清水町の屋敷に、ふらりと姿を現わしたのである。

「やあ、やあ、これは珍しい。何年、いや十何年ぶりにもなろうか。それにしても、ご立派になられたのう」

相好《そうごう》を崩しているのは、勘兵衛の父、落合孫兵衛《まごべえ》であった。

「いや、わたくしこそご無沙汰をいたしました。こちらに戻ってきて、もう半年以上が過ぎますのに、ご挨拶にも伺わず、まことにご無礼をいたしました」

伊波が深く頭を下げた。

「わしも、とっくに隠居の身だ。なんの、挨拶など必要なものか。それより、きょうはなんじゃ」

「はい。実は父に言いつかって、伺った次第です」

「そうか、そうか。それはご苦労な。なに堅苦しくされることはない。どうか平らかに、お平らに……な」

目を細めながら孫兵衛は、

（ふむ、あれは、昨年の精霊《しょうりょう》迎えの夜であったな……）

あの夜のことは、鮮明に覚えている。

七月半ばの夜、突然に、この利三の父親が訪ねてきた。

伊波仙右衛門《せんえもん》は、奏者番という要職にあるが、江戸にいる次男――利三の身を案じていた。

そこに、普段は人に見せぬ、父親としての愛情の吐露があった。

初秋の一夜、二人はともに子を持つ父親同士として語ったのであった。

孫兵衛が、そんなことを思い出している間にも、妻の梨紗《りさ》が茶と菓子を運んできた。

勘兵衛の母である。

「ささ、利三さま、なにもございませぬがのう」

「やや、これは懐かしい。けんけらではございませぬか。おばさまの手作りでございますね」

「はいはい、そうですよ。せっかく作っても、もう食べてくれる子供は、みんな出て行ってしまいましたけどね」

けんけらは炒めた大豆を粉にして作る、故郷の菓子であった。

「おいおい、そんな子供だましのものを出してどうする」

孫兵衛は言ったが、

「いえいえ、これこそ十何年ぶりかでございます。いや、ありがたい」

利三は、さっそく手を出してカリカリと齧《かじ》り、

「うむ、相変わらずうまい」

それを梨紗が、慈愛のこもった目で眺めている。

「こほん」

それを孫兵衛は、ひとつしわぶきを入れてから、

「伊波利三どのは、お父ぎみの使いでまいったのじゃ」

「はいはい。そう邪険になさらずとも、すぐに退散いたしますよ」

梨紗は、小さく顎を上げたあとで、客間から消えた。

「いや、どうも……。夫婦《めおと》も長くなりますと、だんだん友人同士のようになってきましてな」

「相変わらず仲むつまじくお暮らしのご様子、うらやましいかぎりです」

「いや、そんなことを言われますと、てれますな。それより、なにか大事なお話か」

「はあ、それが……」

利三は口の菓子を茶で飲み下し、座り直した。

「つかぬことをお尋ねいたしますが、近ごろ、山路亥之助の噂を耳にされませんでしたか」

「おう、それなら聞いた。なんでも、近在の百姓衆が、それらしい姿を見かけた、というようなことくらいでしかないが……」

「それです。まず最初は太田村の庄屋が、そのことを申してきたそうでございますが……」

山路亥之助の父が郡《こおり》奉行だったことから、各村の庄屋たちは、奉行の子の亥之助を見知っているのであった。

「まさか、とは思いましたが、それを耳にした中村文左《なかむらぶんざ》が、異様な熱心さで各村村を尋ねまわったようでございます」

「おう。そうか、文左どのとも長いこと会わぬ。お健《すこ》やかであろうの」

「はい。郡方《こおりかた》の役人を元気で務めております」

「さようか……」

孫兵衛の内側を、ある感慨が過ぎていく。

中村文左と伊波利三、そしてもう一人、塩川七之丞《しおかわしちのじょう》の三人は、せがれ勘兵衛の親友であった。

ともに同じ道場で剣を学び、勘兵衛より二歳年上の伊波の他は、家塾でも机を並べていたのである。

なかでも中村文左は、孫兵衛にとって特別の縁《えにし》がある。

正確には文左本人ではなく、その父のほうとであった。

(あれは、四年前であったの……)

郡方勘定役小頭であった孫兵衛のところに、ある日、小柄で猪首の男がやってきて、山方の中村小八《こはち》と名乗った。

それが勘兵衛の友の父と知ったが、同じ役所にいながら、それまで顔も知らなかったのである。

小八は近ごろ担当替えがあって、帳面を点検していたら、どうにも腑に落ちぬ点があるので、古い帳面類を拝借したいと孫兵衛のところにきたのであった。

これが銅山不正発覚の端緒となる。

いつしか孫兵衛は、小八とともに秘密裏の調査をはじめる仲になった。

そして——。

中村小八は暗殺された。孫兵衛は無辜《むこ》の罪を得て捕らえられ、家は閉門、あやうく切腹の瀬戸際にまで追い込まれたのである。

(往時《おうじ》茫茫《ぼうぼう》だな……)

〈白居易《はくきょい》〉は詠む——。

往事 渺《びょう》茫《ぼう》都《すべ》て夢に似たり——と。

だが——。

(いや、夢は破られようとしておる)

短い風懐《ふうかい》から現実に引き戻って、孫兵衛は唇を嚙んだ。

あの銅山不正の首魁は国家老の小泉権大夫、そして実行者は、孫兵衛や小八の上司であった郡奉行の山路帯刀《たてわき》であった。

山路帯刀は、捕縛に向かった徒目付に刃向かって斬死したが、息子の亥之助は山路家用人の長谷川、小泉家若党の春田久蔵とともに領外に逃亡した。

（その亥之助が、戻ってきた……？）

噂を聞いたとき孫兵衛は、なにやら底冷たいものを覚えたものだ。

そしてきょう、奏者番である伊波仙右衛門の使いとして、利三がやってきた。

（これは――）

孫兵衛は緊張した。

山路亥之助の噂を聞いて、父を殺された中村文左は村村を探索したようである。

「で？」

「はい。文左の調べでは、中野村でも亥之助らしい者を見かけたようだと……」

「なんと！　そのような近間でか」

中野村は、城下のはずれの村である。

というより、以前に自分たちが暮らしていた水落町の屋敷からは、もう目の前が中野村であった。

（あるいは、わしを狙ってか……）

　そんなふうにも思える。

「実は……」

「うん」

「先日、大目付の塩川さまが、国境《くにざかい》の巡察に出かけられた折のこと、跡をつけてくる不審な浪人者に気づかれたそうでございます」

「亥之助か！」

「わかりませぬ。編み笠で顔を隠しておったそうで、しかし身体つきは亥之助に似ておったとか。しかも供の者が誰何《すいか》しようとしたところ身を翻《ひるがえ》して……」

「逃げようたか」

「はい、いずこへともなく」

「ふうむ」

「で、それを塩川に嫁いでいる姉が耳にいたしまして、心配して我が家に知らせてまいりました」

　利三の姉である滝《たき》は、塩川家の長男・御目付格の重兵衛《じゅうべえ》の許に嫁いでいた。

「で、父が申しますには、もし亥之助がひそかに戻ってきて、害をなそうとするのであれば、それは我が家より、塩川さま、落合さまであろうと……」

「おう、それで知らせて下されたか」

なるほど亥之助が仇と狙うとすれば、悪を暴いた張本人である、このわしと、当時は目付で、捕縛の指揮を執った塩川益右衛門《ますえもん》の二人であろう、と孫兵衛は思った。

「それに、あとひとつ……」

「うん」

「塩川さまが、胡乱《うろん》の浪人に出会ったは、土布子《つちふご》村あたりだったそうで、あるいはその付近にでも亥之助はひそんでいるのではないか、いや、これは義兄《あに》の重兵衛が申しているそうで、必ずや探し出して成敗してみせると息巻いているようでございます」

「そうか。重兵衛どのは腕自慢じゃからな」

小野派一刀流の免許皆伝で、城下の村野《むらの》道場では師範代だった。

(そうか、土布子村か)

山と山が、なだれ込むように落ちる谷間の村である。目前には九頭竜の雄大な流れが望まれ、川の向こうは勝山藩、という国境の村であった。

寂しいところである。しかし城下まではわずかに一里とちょっと——。

(あるいはな……)

ひとたび山に入れば、無人の炭小屋が多数ある。身をひそめるには恰好の場所かもしれぬ、と孫兵衛は思っていた。

2

その日、落合勘兵衛の姿は照降町《てりふりちょう》にあった。

照降町は下船町《したふなちょう》と小網町との横町にあって、下駄屋に傘屋、雪駄屋などが多くあるところから、この名がある。

なお下船町は、のちに小船町《こぶなちょう》と改められるが、それはまだずっと先のことだ。

六助橋とも呼ばれる荒布《あらめ》橋で西堀を渡った勘兵衛は、迷うことなく歩を進めて一軒の魚屋の前に立った。

小ぶりな店だが、看板だけは立派で［銀五《ぎんご》］とある。隣りは一膳飯屋で、〈照り降りの飯屋〉と呼ばれていた。

この魚屋の亭主は仁助《にすけ》といって、棒手振《ぼてふり》のころに勘兵衛と知り合った。

つい先年、近隣の街道筋を荒らしまわっていた追い剝ぎ団の検挙に功あって、火盗《かとう》改《あらた》めから銀五枚の褒美をもらい、それを元手にこの店を開いたのである。店の名は、そこからきていた。

「あ、こりゃあ旦那」

紺地に白で「銀五」と染め抜いた法被《はっぴ》に、ねじり鉢巻きといった姿で、仁吉はうれしそうな声をあげた。

「元気そうではないか」

「いえいえ、空元気《から》でさあ。それより旦那には、すっかりお世話になっちまって、どれほどか助かっております」

「いや、たいしたことではない。そういつまでも礼を言わぬでもよい」

というのも、この仁吉、昨年の秋に相思の娘で、お秀《ひで》と所帯を持った。ささやかな披露の宴には勘兵衛も参加した。

銀五枚の報奨金に貯えをくわえ、お秀と所帯を持つときには店を構える、とは前前から聞いていたが、仁助は本当に店を出した。

それから半年と少しが過ぎている。

だが、開店には、そうとうの無理もしたようだ。

魚河岸から、ほんの目と鼻の先、ということから仁助は、この地を選んだようだが、それが裏目に出た。

魚河岸から近いということは、近所の者は魚河岸まで出向いて、露天で開いている魚屋から買ったほうが、店一軒を構えているところより安く買える、ということだ。また、わざわざ魚屋まで買いに行かずとも、長屋で待っていれば、出入りの棒手振がやってくる。

［銀五］は、最初からつまずいた。

そこで勘兵衛は、堀江六軒町の割元《わりもと》である［千束屋《ちづかや》］や、田所町の料理屋［和田平］に［銀五］を紹介して、出入りを許されるようになった。

いずれも照降町からは、すぐの近さだから、注文の品は女房のお秀でも届けられる。

それでどうにか、仁助は店をつぶさずにすんだようだが、それでもなお内所は苦しそうだった。

どうやら、店を開くにあたっては借金をしたらしい。

それに［千束屋］にしろ［和田平］にしろ、掛け商売であるから日銭が入らない。

仕入れの金にもこと欠いているように見えた。

それで［和田平］に頼んで、お秀を通いの仲居として雇ってもらった。

仲居の仕事は夕刻からだから、お秀は、店での仕事をあらかたこなしてから、［和田平］に行けばいいので都合がよい。

「いえいえ、こうやって夫婦して、おまんまを食っていけるのも旦那のおかげで、いくら礼を言っても足りるもんじゃ、ござんせん。ああ、お秀は今［和田平］のほうに、魚を届けに行っておりやす。聞きますてぇと、女将《おかみ》さんというのは、すこぶるつきのいい女らしゅうござんすね」

「ふむ、そうかの」

「なんでも、小夜さまとかおっしゃるそうで。女将さんの話をするときは、お秀がいつも、うっとりした顔になりやす」

仁助は褒《ほ》めちぎるが、勘兵衛としては、少しこそばゆい。

小夜は、大和郡山藩江戸家老用人である日高信義の娘だった。娘といっても、妾に産ませた子である。

それが、ひょんなことから男と女の関係になってしまった。

そのことは、誰にも知られていない。

だが、知られなければよい、というものでもなかった。

勘兵衛は、悩み、苦しみながらも、小夜の美しく熟した女の色香から逃れ得ず、また二十歳という男の性《さが》からも脱し得ず、ずるずると一年近くも関係を重ねているのだった。

「それより、きょうは魚を求めにきた」

「え、御自《おんみずか》らでごぜぇますか。そんな、もったいない……、お使いでもくだされば、お秀に届けさせましたのに」

「いや、ちょっと思い立ったものでな」

「さいですか。暑い盛りなんで、あまり活きのいいのはござんせんが、今の季節ですと鱚《きす》が旬でさあ」

「遣い物にと思っているんだが」

「となると、鱚ではいけませんね。尾頭つきがようござんすね。じゃあ房総の黒鯛なんかはいかがでしょう」

「じゃ、それにしよう。運びやすいようにしてくれ」

「へい、承知」

木目《もくめ》も美しい提盥《ひきげたらい》に松葉を敷き詰め、仁助は魚肌が乾かぬようにと、横たえた黒鯛に和紙をかぶせて水を打った。

さて整った提盥を手に勘兵衛が［銀五］を出たときである。

ちょうど隣りの〈照り降りの飯屋〉から、一人の男が出てきた。

「おっ！」

男の口から、驚いたような声が漏れた。

「なにか?」

少し崩れた感じはあるが、見たところ、どこにでもいそうな町人であった。

「どこかで会うたか」

そんな気もして勘兵衛は尋ねたが、

「いえ、人ちがいでござんす。失礼いたしやした」

男は、駆けだした。

勘兵衛は知らぬが、男は一膳飯屋の倅で、以前はぐれて〈照り降りの清助《せいすけ》〉と呼ばれるやくざ者だった。

清助は「千束屋」政五郎《まさごろう》と敵対する「般若面《はんにやめん》の蔵六《ぞうろく》」という因果者師《いんがものし》のところの若い者だった。

これは清助自身も気づいていないことだが、不思議な縁で、勘兵衛が江戸にきてよりこちら、随所随所で狂言まわしの役割を担ってきた男である。

たとえば昨年、勘兵衛は馬庭念流の遣い手である嵯峨野典膳《さがのてんぜん》と闘い、傷を負いながらも、これを斃《たお》した。

この決闘においても清助は、実家である一膳飯屋の二階から表を見張り、勘兵衛のことを嵯峨野に知らせたことからはじまった。

ついでにいえば、そのとき勘兵衛は［和田平］において傷を癒したが、それで小夜と男女の深間《ふかま》に落ちたのである。

その清助は――。

親分である［般若面の蔵六］が、魚屋の仁助によって、世を騒がす追い剝ぎ団の一味だと知れて、一家は一網打尽となった。

そのとき清助は、たまたま実家に戻っていて、火盗改めの手から逃れていた。さらに、あまりに小物ゆえに、その後の取り調べからも漏れている。

身の幸運を嚙みしめながら、清助は足を洗い、今は実家の家業を助けている。

思えば、因縁浅からぬ仁助と清助が、隣り同士になっているなど、まことに、世の中は狭い、のであった。

3

提盥を手に勘兵衛は、内神田、小川町と過ぎて西に向かう。

ある人物に、ある頼みごとをしに行こうとしている。

昨日、松平権蔵は四代将軍徳川家綱に拝謁を受けて、従五位下《じゅうごいげ》備中守に任じられた。

さらに、勘兵衛の主君である松平直良より、直堅《なおかた》の名乗りを与えられた。

よってこれからは、松平備中守直堅、あるいは松平直堅と呼ぶことにする。

いずれにせよ、松平直堅は無事に認知をされたのだ。

さて官位まで受けた直堅を、これまでどおりのところに住まわせておくわけにはいかない。

中之郷押上村の寓居は［千束屋］からの借り物というだけではなく、刺客から身を守るための隠れ家でもあった。

百笑火風斎の娘婿、新保龍興《しんぼたつおき》が開く火風流道場が、その隠れ蓑となっていたが、新保父子を除いた直堅の家士ともども、今は大野藩上屋敷に滞在させている。

直堅の後見人である松平直良の命で、新たな住居探しがはじまった。

そして武家地ではないが、西久保神谷町に格好の屋敷を借りることが決まった。

大野藩邸からも近く、ちょうど愛宕山の裏手にあたる。

そちらのほうが落着すれば、勘兵衛には次の仕事があった。

若君の一件だ。

とにかく、素行を改めてもらわねば困る。

新吉原に流連、など、途方途轍《とほうとてつ》もないことであった。

――うーむ……！

勘兵衛が稲葉老中から聞いたことを打ち明け相談したところ、松田は絶句した。

――しかし、なんじゃや。新吉原《なか》には、偽名を使うて行っておるんじゃろう。つまりは、用心だけはしておるということだ。ということは……問いつめてみたって、認めようとはせぬだろうの。

若君の直明が世継ぎと決まるまでには、一悶着があった。

それを傅役《もりやく》として、幼いときから手許で育て、ついには世継ぎと認めさせたのが、この松田与左衛門である。

だからして、この松田――。

直明に対して、多少手ぬるいところがある。

しかし、松田の言うことに、勘兵衛としてもうなずかざるを得なかった。

（そうだろう）

と思ったのだ。

老中の稲葉から、そのことを聞いたとき――。

勘兵衛は怒りのあまり、直明が居住する下屋敷に乗り込んで、とまで考えた。

だが直明の近習たちが、それを許すはずがない。たとえ面詰しても、口を揃えて否定するにちがいない。

ましてや昨年の秋に、直明の付家老として江戸に赴任してきた小泉長蔵は、なにやら腹に一物を抱えているようだ。

そのことを勘兵衛は、父からの手紙で知っている。

藩主の直良は、七十二歳という高齢であった。

卒去すれば、直明が跡を襲う。

するとそのとき、藩政の権力地図は塗り替えられる可能性があった。

小泉長蔵の妻は、大野藩では特別の存在で大名分として扱われている津田《つだ》家の当主・富信《とみのぶ》の娘であった。

その閨閥を使って長蔵は、直明の付家老の座を工作したそうだ。

要は、先ざきの権力を狙っている。

これに対して国許では、家老の斉藤利正《さいとうとしまさ》をはじめ、奏者番の伊波仙右衛門、大目付の塩川益右衛門などなど、おおかたの重役が反対した。

だが国帰り中の直良が、津田富信の直訴に首を縦に振ってしまった。

（我が殿は、老いのためか、先ざきがまるで読めぬ……）
勘兵衛はひそかに、苦にがしい感想を抱いている。
その小泉長蔵が――。
（必ずや、我が前に立ちふさがるであろう）
そうも思っている。
そんなこんなを考えたとき――。
（動かぬ証拠をつかむしかない）
勘兵衛の結論は、それだった。
（若殿が、新吉原に遊ぶ現場をとらえ……）
いやいやそれではいかぬな、と思い直す。
気晴らしに、遊女を買ってなぜ悪いと開き直られれば、それまでだ。
遊所に外泊する現場をとらえねばならない。
それを糺《ただ》し、猛省を促す必要がある。
しかし――。
（下手をすると、無礼討ちにあうな）
これまでにも何人か、直明は家中の者を斬っていた。

それで父の怒りを買って、下屋敷に追いやられているのだ。

(だが、そのことがかえって、直明の行動を助長させている)

勘兵衛は、そのことを松田に言った。

――若君を、この上屋敷に呼び戻しましょう。

そうすれば目を光らせることもできるし、直明も、これまでのようにはいかない。

――もちろん、わしも、そのように殿に計るつもりじゃ。あの面皰面《にきびづら》めが出ていけば、すぐにも殿に申し上げる。

面皰面とは松平直堅のことだ。招かれざる人間が飛び込んできて、この二年あまり振りまわされてきたから、つい、め、がつくのであろう。

――だがのう……。

松田は、ぼそぼそ、とした声音でつけ加えた。

――戻ってこい、と言うて、素直に戻ってくるとも思えんのう。なんやかやと理屈をつけようぞ。

――そうかもしれませぬな。

いよいよ、無礼討ちを覚悟してでも、若君の首根っこを押さえねばならぬ、と勘兵衛は覚悟を決めた。

しかしながら——。

言うは易く行うは難し、ともいう。

（いったい、どのようにして……）

直明が新吉原に遊び、しかも流連する現場をとらえることができるのか。

勘兵衛には、ほかにも、いろいろと仕事がある。四六時中、下屋敷を見張っているわけにはいかないのだ。

よしんば、自分の若党である新高八次郎《にいたかはちじろう》と交代で見張ったとしても——。

（俺も八次郎も、新吉原には、まるで不案内だ）

不案内どころか、大門をくぐったことさえない。

これまでに見知った悪所といえば、田町五丁目にある〈麦飯屋〉くらいなものである。

その〈麦飯屋〉とは岡場所だ。

といっても、越後高田藩の密偵をあぶり出すために、その岡場所を利用しただけであって、勘兵衛がそこで遊んだというわけではなかった。

遊んだのは、松平直堅と、その取り巻きたちである。

（そうだ！）

そのとき勘兵衛の脳裏に、一人の男の顔が浮かんだ。

（格好の人物がいるではないか！）

「冬瓜《とうがん》の次郎吉《じろきち》」という。

葛西川村《かさいがわむら》から江戸に出てきた次郎吉は、棒手振の八百屋からはじめて、やがて野菜を少量ずつ切り分けて売る〈一文屋〉という商売で当てた。

さらには賭場も開いて、神田あたりの顔役となったが、召し捕られた末に、今は火盗改め役与力の付き人をしている。

町奉行所でいえば、岡っ引きのようなものだ。

この次郎吉が大活躍して、越後高田藩をいぶりだしてくれたのである。さらには田町の岡場所を手配して、密偵を捕らえる手助けもしてくれた。

過去が過去だけに裏世界にも通じ、なにかと頼りになる男であった。

その次郎吉は四ッ谷塩町に住んでいる。

江戸城の北をぐるりとまわって、勘兵衛が向かう先は、そこだった。

4

　四ッ谷塩町二丁目に「冬瓜や」という髪結床《かみゆいどこ》がある。

　ここが次郎吉の住まいであった。女房に店をやらせているのだ。

　夏のこととて、冬瓜の絵を描き入れた腰高障子は両側に開かれていた。

　左右に長い土間口には、客がずらりと並んで腰掛けている。たいそうな賑わいだ。

　いちばん左側では、利かん気の強そうな女が商家のご新造らしい婦人の髷を結っていた。これが、次郎吉の女房のお春《はる》であった。

　隣りでは男衆が二人、一人は職人らしい男の月代《さかやき》を剃り、もう一人は手代ふうの男の元結いを締めていた。

　残りは順番待ちの客で、絵双紙を手にしている者、客同士で話し合っている者とさまざまだ。

　そういった場所柄、髪結床には世間の噂が集まる。火盗改めの付き人である次郎吉には、もってこいの商売というべきだ。

「ごめん」

勘兵衛が声をかけて内に入ると、ちらりと顔を上げたお春が、

「まあ！」

たちまち目元に、笑いをにじませた。

そして――。

「おい、藤吉《とうきち》、藤吉ったら、ぐずぐずしないで表へきな！」

後ろを振り向き、よく通る声をかけると、若い男が間仕切りの暖簾《のれん》を分けて飛び出してくる。すでに勘兵衛も見知った顔だ。

「ほら、旦那を二階に案内しな。それから、うちのを呼んどいで」

命じたあとは、勘兵衛に向かい、

「うちのだんつくは、相変わらず近くでとぐろを巻いてますのさ。なに、すぐに呼んでまいりますんで、しばらくの間お待ち願えますか」

「痛み入る」

手にした提盥《ひさげたらい》をどうしようかと思ったが、この場で口上を述べるわけにもいかず、勘兵衛は藤吉の案内で、そのまま二階へ持って上がった。

二階の八畳の座敷には、相変わらず隅の衣紋掛けに、揃いの祭り半纏が一対かけられていた。祭礼には、夫婦揃ってそれを着るのだろう。

口調こそ乱暴だが、仲のいい夫婦なのだと勘兵衛は思い、少しほほえましい気分になった。

その一方で――。

ふっと自分の行く方《かた》を思う。

(俺は、どんな妻を娶るのだろう)

まだまだ、先のことだと思っている。

しかし、胸は切なさにあえぐ。

秘めた恋があった。

相手は、園枝《そのえ》といって、親友の塩川七之丞の妹である。

「戀」という字は、言を、両側から糸で縛っている心なのだ。

ことばにもなさず、態度にも出さず、かたく秘すべき心なのだ。

そう自分に言い聞かせたのは、いつのことだったか――。

当時の落合家は七十石、片や塩川家は二百石の家で、養子になるならともかく、家格からいっても釣り合いはとれない。

銅山不正事件の功あって、落合家は百石に禄を増やしている。だが塩川家のほうも三百石に増えて、家格の差が縮まったとはいえない。

（そうだ。あれは十六の初夏だったな）

園枝への想いを、封印しようと決めた日のことを勘兵衛は思い出した。

あの日、勘兵衛は二番町通りで、ばったり園枝と出会い、ことばを交わした。

七之丞と園枝の兄妹、それに勘兵衛と文左の四人で、大野にきていた芝居興行に行ってから、八ヶ月ほどが過ぎていた。

その久しぶりの邂逅に――。

――とんと、お見限りではございませんか。

園枝は、そんな下世話な口調で、勘兵衛をからかったものだ。

しばらく見ぬうちに、まだ十三歳の園枝は一段と美しく、大人びて見えた。

その日の夕、家塾にも道場にも出てこなくなった友の文左を、北山町の家に訪ねたときのことだった。

途中、昔は矢場だった広い空き地があって、そこで少女が野草を摘んでいた。

その少女の白い顔を見たとき、昼間見た園枝を思い起こして、たちまち勘兵衛は狂おしいほど心が騒いだ。

そして――。

「戀」という字は――と、勘兵衛は自らの想いに蓋《ふた》を閉じたのである。

それが今は――。

勘兵衛には、小夜という女ができた。

しかも、その小夜のことも、道義のうえから、誰にも告げるわけにはいかない存在なのだ。

そんな心の桎梏《しっこく》と、いまだ消えぬ園枝への恋情が、手をつないで勘兵衛を責めている。

大きく溜め息をついたとき、どしどしと階段を踏みならす音が近づいてきた。

「これは落合さま、ようお越しくださいやした」

現われた次郎吉は、湯飲み二つに茶瓶を載せた盆を手にしている。

この家をはじめて訪れたときと、まったく同じだな、と勘兵衛はおかしくなった。

「無沙汰をして、すまぬ。あの折には、まことに世話になった」

勘兵衛が、あのときの権蔵が昨日、将軍にお目通りをしたと教えると、次郎吉の目はたちまち輝いた。

「へえっ、お公方《くぼう》さまにですかい。そりゃ、すげぇや。いや、この次郎吉、一生の自慢ができやしたぜ」

言って、すぐにつけ加える。

「といって、ほかで、ぺらぺらしゃべるなんてぇことは、しませんがね」

「うん。それでな……実は、これは……房総でとれたという黒鯛なのだが……」

勘兵衛が傍らの提盥に手をかけるなり、

「いけねえ、いけねえ、あのときの礼なら、たっぷりといただいておりやすよ」

次郎吉は大きく手を振って、固辞しようとする。

「いや、ちがうのだ。実はまた、おまえに頼みごとがあって、やってきたんだが……」

とたんに次郎吉は、ぽん、と自分の膝を打った。

「あ、そういうことでござんすか。なら、そのご進物、喜んでお受け取りいたしやす」

「ふむ。それはありがたいが……」

「おまかせくださいやし……。なんなりとご用を務めさせていただきやす」

次郎吉は江戸の生まれではないが、こういうのを江戸っ子気質というのだろうか、ぽんぽんと決断が早くて小気味がよい。

「では、さっそくに……。実は、恥を申すようだが……」

勘兵衛が用向きに入ると、

「へへぇ、若さまがねえ……」

とか、

「ふーん。若さまというのも窮屈なもんなんだ。気の毒にねえ」

とか相づちを打っていたが、勘兵衛がすべてを話し終えると、頼もしくも、ぽんと胸をたたいた。

「おやすいご用で。おまかせください。新吉原《なか》には親しい忘八者《ぼうはちもの》もおりやすから、まずは、そちらにあたりをつけてみましょう」

「なんだ。その忘八者というのは？」

「あ、そうだった。旦那はからきし、ナカには縁のないお人でしたねえ。ま、元もとは楼主、早い話が淫売屋の亭主を忘八者と呼んでおったんでございますがね……」

女の生き血を吸うような商売だから、仁・義・礼・智・忠・信・孝・悌の八つの人倫を忘れた人、ということで忘八者と呼ばれだしたらしい。

ところで新吉原というところは完全な自治が認められていて、廓内でなにが起ころうと、町奉行所の手はいっさい入らない。

すべては七丁町の町年寄たちの手で処理される。どうしても処理できない場合だけ、町奉行所が出張る。

でさあ」

「早い話が、お武家が殺されたって、殺され損ですんじまうところが、ナカってとこ

次郎吉の話に、勘兵衛は目が丸くなった。

江戸では寺なども町奉行所の手が及ばぬところだが、それでも寺社奉行というのがいる。


新吉原は、まさに特殊な世界であった。

「そういったとこなんで、喧嘩があれば仲裁し、人殺しが逃げ込めば取り押さえ、といった警護の男衆も必要でござんしてね。ときにはもぐりの淫売屋なんかを見つけると、たたき壊しに行くなんて乱暴なこともする。ま、一皮剝けばやくざと変わりはねぇんだが、そういった連中を、ひっくるめて忘八者と呼んでいるのでさあ」

「なるほど……」

「ほかにも足抜けを防ぐ、って仕事もありやすからね。どの女郎に、どんな客がついていて、なんて情報は、忘八者が、いちばん知っておりやすからね」

「ふむ。しかしなあ……」

次郎吉のもくろみを、もっともと思いながら、勘兵衛は首をひねった。

「だが、あいにくと若殿は、身分を隠し、偽名を使って遊んでいるらしいのだ」

「ははーん、いつのいつごろ、どこそこの置屋から、どの見世にあがった、なんてこともわからねぇんで？」

「まるでわからぬ」

「なある、のほどか。それじゃ、ちっと尋ねようがねえな。ようがす。じゃ、あっしと子分たちで下屋敷を張ることにいたしやす」

「そう願えるか。しかし……」

またもや勘兵衛は、首をひねった。

直明の外出は、いつも駕籠である。それには小姓組の供がつく。

勘兵衛は、稲葉老中が言っていたことを思い出した。

(変装のうえに……と言われたな)

すると、駕籠で出るとはかぎらない。

「まずは、若殿の顔を覚えてもらわねばならぬのだが……」

さて、どのような方法で次郎吉に若殿の顔を見せるか――。

(こりゃ難問だぞ)

勘兵衛は、しばし考えをこらしていたが、

(おっ！)

閃いた。

直明の亡母（蓮台院《れんだいいん》）は、三田《みた》の大乗寺というところに葬られている。

そして毎月命日には、墓参りに出かける。

感心なことに、必ず行く、とは、今は故郷に帰った伊波利三から聞いていた。

もっとも、その帰途には駕籠から外を眺めて女漁《あさ》りをする、という悪癖も持っていたが……。

さて、その蓮台院の命日だが――。

（明日ではないか！）

命日は二十三日、きょうは二十二日であった。

（これは、幸先がよい）

大乗寺に先まわりしておけば、直明だけではなく、お供の小姓たちの顔も見せることができるのだ。

しかし、勘兵衛が顔を見られるのはまずい。

「今から、出かけられるか？」

「ようござんすとも。行き先は？」

「三田のな、大乗寺だ」

早くも勘兵衛は、立ち上がっていた。

明日のことは、次郎吉にまかせよう。

5

三田の大乗寺は中之橋の南、水谷《みずたに》左京《さきょう》と毛利《もうり》日向守《ひゅうがのかみ》の屋敷に挟まれるようにしてある。

勘兵衛が［冬瓜の次郎吉］を伴い、神明坂を上っていった日から三日がたった、延宝三年五月二十五日（西暦一六七五年七月十七日）のことである。

大和郡山の城を大名行列が出た。これから参勤で江戸に下ろうとする、本多中務大輔政長の行列であった。

大和郡山藩の参勤道中は、暗峠越えで大坂へ出たのち東海道を進む。

峠の集落は殷賑な宿場町となっていて、石畳が敷かれていた。ここに、大和郡山藩御用の本陣もある。

まず第一日目は、ここに旅装を解く。まだ夕暮れには一刻以上の余裕があった。

行列の規模が大きいから、すべてが本陣では収容しきれない。周囲の旅籠を何軒か借り切っている。

だが行列の全員が、ここで泊まるわけではない。およそ二割から三割方は元きた道を三三五五、引き上げていく。

種を明かせば、いわば行列のサクラである。

城下を出るときには領民に、華美威勢を示さねばならぬから、供揃えも賑賑《にぎにぎ》しく大行列で出る。

だが経費節減のために、適当な場所までくると行列を縮小する。どこの藩でもやっていることであった。ちなみに、この行列のために一日かぎりの人足を雇うこともある。

さてサクラたちが大和へと再び峠を下りはじめたのに紛れるように、一人の武士が逆の大坂側へと下っていった。

日高信義である。

(藤次郎は、無事であろうな……)

そんなことを思いながら、日高は足を急がせていた。

別所小十郎の手引きで、落合藤次郎が大和郡山の城下町を抜け出たのが、八日前の夕刻であった。

（すると、今ごろは……）

駿府あたりか、まだ大井川は越えておるまいの……。

などと考えていた。

だが……。

そのころ藤次郎は、大井川どころか、すでに箱根の山も越え、小田原へ向かって足を急がせていた。

特別に、藤次郎の足が速かったわけではない。

実は、船を使ったのだ。

伊勢の津は古くは安濃津《あのつ》と呼ばれ、中国の史書に博多津《はかたのつ》（福岡県）、坊津《ぼうのつ》（鹿児島県）と並んで、日本三津として書かれるほど海運の盛んなところであった。

だが、岩田川河口に築かれた港湾設備は、大地震によって崩壊し、土に埋もれてしまう。そして新たな津の港が、松阪あたりに築かれた。

この港から、江戸に向け伊勢商人や松阪商人の千石船が頻繁に出る。だが、旅人がこれに乗るには、よほどの手づるを必要とした。

だが三日に一度、三河の蒲郡までの舟運があった。折良く藤次郎は、この船に乗ることができたのだ。

なにしろ伊勢湾を突っ切って、いきなり三河に入るのである。旅程は格段に短縮された。

それから三日後、ついに藤次郎は江戸に入った。

日本橋を渡るころには、もう夜になっていた。

(とりあえず、今宵は都筑家老にご報告を申し上げて……)

兄の勘兵衛のところへは、明日になるな。

そう心づもりしながら、久方ぶりの江戸を楽しむことなく急ぐ。

(日高さまは、ご無事であろうか)

藤次郎は藤次郎で旅の間じゅう、大和郡山に残してきた日高のことが心配で、心楽しむゆとりすら出なかったのである。

やがて前方に、筋違橋《すじかいばし》御門の明かりが見えた。その手前の火除け地となっている広場は、八辻ヶ原と呼ばれている。

その八辻ヶ原を右折する。大和郡山藩の上屋敷は、和泉橋袂《たもと》にあった。

この屋敷は、まだ新しい。普請が終わって、やっと一年ほどだ。藤次郎が初めてその門をくぐったときには、ぴっかぴかであった。

ちなみに、この屋敷の主である本多政長は、屋敷完成の前に国帰りをしてしまっているから、まだ見ていないのである。

そのころ兄の勘兵衛は——。

弟が、この江戸に戻ってきたことも知らず、若党の新高八次郎と猿屋町の町宿で、差し向かいに夕餉をとっていた。

「大坂から西山宗因《にしやまそういん》がやってきたもんで、いま丁々軒《ちようちようけん》のところは、大忙しですよ」

丁々軒というのは、高橋幽山《たかはしゆうざん》という宗匠が名乗る俳号で、勘兵衛は八次郎をある理由から、そこへ入門させていた。

「なんだ、その西山宗因というのは」

「大坂天満宮連歌所《れんがしよ》の宗匠で、談林派《だんりんは》の親玉ですよ」

「ふーん」

俳諧に関しては、さしたる興味はない。

「それより八次郎。肝心の調べのほうは、怠《おこた》りないであろうな」

「はい。その点はぬかりなく。宇古《のきふる》さんの件でしょう」

「うむ」

宇古は俳号で、名を原田九郎左衛門綱中《はらだくろうざえもんつななか》という。本多出雲守政利の家臣で、江戸屋敷奏者役を務めていた。

勘兵衛が、ひょんな巡り合わせで大和郡山藩の御家騒動に巻き込まれ、本多中務大輔政長暗殺を企てる一派を、探索する役まわりになったとき——。

政長の近習に、敵方ではないかと疑われている人物がいた。医師の片岡道因である。

で、道因の跡をつけたとき、入っていったのが本町河岸にある丁々軒であった。

そのまま丁々軒を見張っていて、そこに原田九郎左衛門も通っていることを知った。

片やは政長の近習、片やは政利の家臣、敵同士の家臣が、丁々軒で結びついた。

(そこでひそかに、情報の交換がおこなわれているのではないか)

それで勘兵衛は、八次郎を送り込んだのであったが——。

探索は、今も続けられている。

だが、まったく成果はなかった。

わかったことといえば、宇古、という、首をかしげざるを得ない俳号のいわれ、くらいである。

土竜《もぐら》、のことであるそうな。

古語で土竜のことを〈ウゴロモチ〉といい、古くは宇古呂毛知と書いたという。

「宇古さんについては、先般、螺舎《らしゃ》さんから少し話を聞きましたが……」

「竹下《たけした》さんのことです。螺舎は俳号で」

「螺舎？」

「おう、あの不良少年か。元気か」

「はい。相変わらずで」

この竹下少年、前髪姿に、なんとも派手な衣装で走りまわっている。まだ十五というのに、大酒飲みだった。それも、今にはじまったことではない。

のちの其角《きかく》である。

「で、どんな話だ」

「わたしは、まだ参加できませぬが、先月の集まりで歌仙を巻いたとき、宇古さんが、

〈斑猫《はんみよう》とくらがり越える梅雨ののち〉

という句を詠みましたそうで」

「ふむ」

勘兵衛は、しばらく句の意味を考えた。

斑猫は、〈道教え〉とか、〈道しるべ〉とか呼ばれる甲虫で、山道などを行くとき、

歩く先ざきへ飛んではひとを待つ、という習性がある。

くらがり越えとは奈良街道の峠であった。

原田は、大和郡山支藩の家臣であるから——。

(梅雨が上がるのを待って、暗越で江戸に出ようとする情景であろうか)

などと、勘兵衛は解釈した。

「それで？」

「はあ、歌合わせが終わって宴となったとき、その句が話題になったそうです。なんでも斑猫の毒で、本当にひとが死ぬかどうかといったような話題だったようで……」

「なに！」

毒ということばに、勘兵衛は鋭く反応した。

斑猫に、毒があるということは勘兵衛も聞いたことがある。

さらには、かつて本多中務大輔の弟君が毒殺された、ということも聞いている。

その二つが結びついて、勘兵衛は反応したのであった。

勘兵衛の緊張に八次郎も気づいたようで、

「しかし、その点はわたしも確かめましたが、その席に片岡道因はいなかったようです」

「おう、そうか」

（しかし、どうにも気になるな……）

「で、斑猫の毒で、本当にひとが殺せるのか」

「さて……」

八次郎は、頼りなげな顔になった。

「それ以上は、詳しく聞いておりません。旦那さまが、宇古さんの話をせよとおっしゃるから思い出したまでで……」

言い訳のように、ぼそぼそと言う。

「いや怒ってはおらぬ。だが、気になる点もあるし、もう少し詳しい話も聞きたい。明日にでも、竹下少年に会いに行こう」

「ご一緒して、かまいませぬか」

「いいとも」

言うと、八次郎はうれしそうに笑った。

斑猫《はんみよう》の毒

1

あくる朝のいちばんに、勘兵衛と八次郎は町宿を出た。

竹下少年は、竹下侃憲《ただのり》といういかめしい名を持っていて、近江膳所《ぜぜ》藩のお抱え医師・竹下東順《とうじゆん》の息子だった。家は堀江二丁目だ。

早熟で、芝居見物や居酒屋に出入りするだけではなく、悪所通いまでしているようだから、朝いちばんに押しかけなければ、とてもつかまえられないのだった。

出かける際、勘兵衛は飯炊きの長助《ちようすけ》に、行き先を詳しく教えておいた。

これは、下屋敷を見張っているはずの次郎吉がきたときに、連絡《つなぎ》がとれるようにとの配慮である。

六日前、次郎吉は子分三人を連れて、三田の大乗寺へ行ったそうだ。

――へい。たしかに若さまの顔《かんばせ》も、お供の方がたの顔も、しっかり胸に刻んでおきやした。

との報告はきたが、それ以来連絡はない。

まだ直明に、動きはないようだった。

さて、勘兵衛が竹下の家を訪ねると、意外にまっとうな姿で玄関口に出てきた竹下少年が、

「おや。兄弟お揃いで珍しい」

実は八次郎を、この竹下の紹介で丁々軒に入門させるとき、若党に俳諧を学ばせるというのがいかにも不自然なので、勘兵衛の弟ということで、落合八次郎を名乗らせている。

口を開いたと思ったら、

「ちょっと待っててくれ」

竹下はくるりと奥に引っ込み、しばらくして出てきたが――。

なんと純白の綸子《りんず》地に、足下から朝顔の蔓が伸び、胸元あたりで赤と青の朝顔が咲

き乱れる、という図柄の小袖姿に変わっていた。

「じゃ、楽屋新道にでも行こうか」

誘ったのは、［中村座］がある堺町の裏手の掛け茶屋で、［みのや］という。竹下馴染みの飲み屋だった。

近くには芝居小屋も多く、芝居帰りの客が目当ての茶屋だ。

竹下とともに表に出たものの、勘兵衛は言った。

「いくらなんでも、こんなに朝早くからはやっておるまい」

「いやあ、きのうは曽我祭《そがまつり》だったからよう。そいつの流れで小夜《さよ》すがら（夜通し）呑んで、まあだとぐろを巻いてるぜ」

「曽我祭？」

「相変わらず、なんにも知らねえなあ。きのうは曽我兄弟の命日でよう」

昔、［山村座］でかけた曽我狂言が大当たりをとったのにちなみ、芝居関係者は大当たりを願い、その忌日に、内内に祭りをおこない、酒宴を催すのだそうだ。

「しかも、きのうが皐月《さつき》興行の最終日《しまいび》で、来月、再来月と大芝居は休みに入る」

ということらしい。

万《よろず》橋で東堀留川を渡ると、二筋南が楽屋新道だった。

いつもより人通りが少ないのは、早朝のせいもあろうが、やはり大芝居が、きょうから休みに入ったからだろう。

大道具らしいのを載せた大八車が目立ち、どこかでカラスが、ひとを小馬鹿にしたような声で啼《な》いた。

「みのや」の店先には、竹竿から蓑が、逆さにぶら下がっている。しゃれで〈のみや〉を表わすらしく、これがかかっている間は店が開いている。

なるほど「みのや」は、ひどい状態で、土間に転がって寝込む者、飯台に突っ伏している者、目を据えながら飲み続ける者と、まさに落花狼藉の観がある。

竹下少年は、ざっと店内を見まわしたあと、

「あそこにしようか」

そこでは、茶屋の小女が眠りこけていた。

まだ少女で、たしか次郎吉の女房と同じ、お春《はる》という名前だった。

あいた空き樽に三人で腰掛けたあと、

「おい、お春ぼう、お春ちゃんよう」

竹下が肩を揺すると目を覚ましたが、

「へぇい、お勘定ですかぁ」

寝ぼけているらしい。

「なに言ってやがる。新規の客だ。冷やでいいからよう、酒持ってきな」

「あら、若先生かい。まあ、お侍さんも、お久しぶりだね」

勘兵衛を覚えていて、ちらりと睨んだ。

(そういえば……)

以前にこのお春から、竹下にもう少し酒を控えるよう意見してくれ、と頼まれたことを思い出した。

放蕩児の竹下を若先生と呼ぶお春は、どうやら竹下少年のことが好きらしい。

「で、どんな用だい」

さっそく、斑猫の話になった。

「そのときの話を、詳しくしろと言われてもなあ」

やがてやってきた銚釐《ちろり》の酒を、大ぶりの盃に注ぎながら竹下は頭を振った。

「ありゃあ、ひとから聞いた話の受け売りでね。馬鹿にしやがって、まだ俺を、歌合わせには入れてくれねぇもんだから」

「じゃ、斑猫でひとが死ぬかどうか、その先の話は聞いてないのか」

「あいにくねえ。俺も興味はあったんだが、聞かせてくれた相手がわけありで、そのときゃ、ちぃっと、七面倒になっちまったもんでよう」

「わけあり？」

「うん、その話を聞いたのは杉風《さんぷう》さんからでよう」

「ああ、杉風さん」

横で八次郎がうなずいた。そして言う。

「小田原町で［鯉屋］っていう、幕府御用の魚問屋の若旦那です。でも、耳が少し不自由なんで、ほとんどが筆談で……」

なるほど、と勘兵衛は思った。

（すると、その杉風から話を聞くしかないな）

と勘兵衛は思った。

「なんだか知らねぇが、話が聞きてえんなら、これから押しかけようか。実のところ俺も続きが聞いてみたくってよう」

「そうだなあ」

（それは渡りに船だが……）

と勘兵衛は、しばし考える。

竹下は興味本位からだが、勘兵衛のほうは密事に関わっている。

と判断した。
八次郎も杉風とは知り合いのようだが、竹下も一緒のほうが、話は聞きやすかろう
（まあ、なんとかなるか）

2

のちに本小田原町と変わる小田原町は、このころ、もう魚河岸の中心地であった。

［みのや］から親仁橋を渡ると照降町で、仁助の［銀五］が目に入ったが、素知らぬ顔をして通り過ぎる。

そして荒布橋を渡ると、もう魚河岸だ。

ものすごいひとの波で、ごった返している。

日本橋川には、どこからこんなに集まったかというくらいの小舟が蝟集《いしゅう》し、河岸地の桟橋に横づけされた平田舟の上では取引がおこなわれているし、陸《おか》ではひとと大八車が交錯する。

魚問屋の店先には、盤台《はんだい》にあふれるばかりの魚を載せた、板葺き屋根があるばかりの売り場が軒を連ね、それを客たちが取り囲んでいるのだった。

「ここだぜ」

そんな喧噪の中で、竹下は売り場と売り場の間の狭い隙間を、勝手知った足取りで抜けていった。

売り場の裏は、魚が満載の魚籠やトロ箱が山積みされているが、その先は豪壮な屋敷の玄関口だった。これが［鯉屋］らしい。

勘兵衛たち三人が［鯉屋］に入ると、土間にも荷は山積みされていたが、意外と静かである。

番頭だか手代だか知れぬ人物が、帳面片手に土間にいたが、竹下の顔を見るなり言った。

「若旦那なら二階だ。勝手に上がっとくれ」

杉風は、まだ三十にはなるまいという年ごろで、穏やかな表情の人物だった。

竹下が腰から矢立を抜いて、半紙にさらさらとなにやら書いて杉風に渡すと、杉風はそれを読み、

「これは、八次郎さまの兄上でいらっしゃいますか。私は、杉風などと名乗る酔狂者でございます。以後、お見知りおきくださいますように」

耳が少し不自由だとは聞いたが、きちんとした挨拶だった。

「いや、八次郎が世話になってござる。このたびは、突然このように……」

勘兵衛が挨拶を返そうとすると、それを杉風は右手の平で押しとどめた。

「お聞きかと思いますが、私は、おたふく風邪のせいで耳が聞こえにくい。ご挨拶なら無用なんで、できれば書いてくださるのがありがたい」

ということである。

で、以下は省略して、勘兵衛の知り得たことを記そう。

要は、斑猫の毒で、ひとが死ぬかどうかの話である。

宇古、すなわち本多出雲守の家臣である原田が詠んだ句がもとで、ちょっとした論争が起こったらしい。

死ぬ、という者あり、死にまではせぬが腹が痛くなる、という者あり、ありゃ迷信だと笑い飛ばす者あり、と侃諤《かんがく》の議論があったそうな。

そのうち一人が『本草綱目』の〈蟲部〉に斑猫の項があり、斑猫を乾燥させて粉にしたものは、古来より毒薬として使われていると書かれている、との発言があって、議論に決着がつきかけた。

ところが、そのとき当の原田が――。

――あいや。たしかに『本草綱目』に、そう記されてはおりますが、どうやら我が邦《くに》に生息する斑猫は清《すが》しきものらしく、焼こうが煮ようが一点の毒もなく、ひとが死ぬどころか腹痛も起こさぬ。信州の蜂の子同様、かえって栄養になるくらいのものじゃ。

というようなことを発言したそうな。

さらには——。

ただし唐渡りの斑猫の粉は、まさに猛毒で肌に触れれば、たちまちに水ぶくれを生じ、内服すれば一刻を経ずして死に至る。なれど、これを入手するのは至難の業である、と続けたという。

（ふうむ……）

もし原田の発言が事実とすれば、これは捨て置けぬな、と勘兵衛は思った。

なにより、なぜ原田が、それほどに詳しいのか。また話の内容が具体的で、あまりになまなましい。

（つまり、内外の斑猫の毒について知悉《ちしつ》している……）

としか、思えぬのであった。

怪しまれぬ程度に、なおも杉風に質問したが、それ以上の話は出てこなかった。

「いや。おもしろい話を聞かせてもらった。きょうは、手間をとらせて悪かったな」

［鯉屋］を辞して竹下少年と別れ、勘兵衛は道を北にとった。

確かめたいことがあった。

瀬戸物町を過ぎ、雲母橋《きらずばし》で伊勢町堀を渡りかけると、

「あ、幽山先生のところに行かれるのですか」

八次郎が尋ねる。

高野幽山の丁々軒は、目の前だった。

「いや。薬種問屋の［小西長左衛門《こにしちょうざえもん》］の店だ」

本町三丁目のあたりに、大きな薬種問屋が何軒かある。［小西長左衛門］は、越前大野藩に出入りの問屋だった。

裏づけを、とっておきたかった。

藩名と名を名乗ると、丁重に奥の座敷に通された。

主人自ら応対してくれたのに、つい先ほど聞いた話を確かめる。

「ははあ、斑猫でございますか」

長左衛門は番頭を呼んで、唐渡りの斑猫の粉のことを聞いた。

「ははあ、それならゲンセイでございましょう」

まるで学者のように、白皙《はくせき》の番頭は答えた。

「ゲンセイですか」

「はい。このように書きます」

番頭が記した文字は、芫青、であった。

「なんでも、青い色をした斑猫だと聞いたことがございます。それも唐《から》でとれますものは、案外に毒も弱く、エウロパというところで産するものが、格段に強いそうでございます」

「どのような毒でございましょう」

「さて、こればかりは試すわけにもまいりませぬゆえ、詳しくは知りませぬが、なんでも呼吸が困難になったのち、吐血して死に至る……と聞きましたが」

「ほう！」

勘兵衛の声が、少しばかり高くなった。

「で……、こちらにも、ございますのか」

「いえ、あいにくと、切らしてございます」

番頭の表情がちらりと動いた。

「いや。求めようというのではない。手に入りにくいと聞いたのだが……」

「それは、もう……。ときどき問い合わせはございますが、物が物だけに、滅多には扱えませぬ」

「どの店でも、同じだろうか」

「どこも似たようなものでございましょう。どうしても手に入れようと思うなら、長崎まで行って、仲買人あたりに大枚をつかませるしかないでしょう。それでも、注文を出して長崎に入ってくるのに、一年かかるか、二年かかるか……」

というようなものであるらしい。

この芫青《げんせい》の毒は、現代ではカンタリジンと呼ばれ、毒性を薄めたものを発毛剤として使用したり、神経痛やリウマチの痛みを軽減させる軟膏として使われたりする。

なお、我が国の斑猫が無毒というのは、明国の李時珍《りじちん》の手になる『本草綱目』が我が国に伝わった際に、単に訳者がまちがえて、別の甲虫である〈道教え〉に斑猫の名を与えたために起こった。

正しく当てはめるなら〈ツチハンミョウ〉のほうが近く、こちらにはわずかばかりだがカンタリジンが含まれているそうだ。

蛇足を伸ばせば、中国名を青斑猫、英名ではスパニッシュフライといって、致死量は約三〇《ミリグラム》とされる。

それはともかく――。

町宿への道をたどりながら、勘兵衛は考える。

八次郎のほうも――。

なにやらしかつめらしい顔をしているところを見ると、彼は彼なりに考えているのだろう。

(政長さまの弟君は、政信さまとおっしゃったな)

今より十三年前に、毒殺と思われる死を遂げている。

勘兵衛が、日高信義から聞いた話では、次のようなことであった。

本多家の奥御殿で出される食事は、膳番が食事改めをしてのち、さらに奥医師が重ねて改める。

つまり二重の毒味がなされる。だが、このとき、なぜか奥医師は不在だった。それで膳番だけの改めで、食事は出されたのだ。

前にも述べたが、政長は癪《しゃく》を口実に、この食事には手をつけなかった。だが、政信は食べた。

そして――。

御殿よりの帰途、政信はにわかに胸苦しさを訴え吐血して倒れた。

医者が呼ばれたが、手当の甲斐なく政信は果てた。二十九歳であったという。

なお、このときの膳番が、片岡道因の息子、太郎兵衛であった。これにより、片岡父子に、以降、疑いの目が向けられることになった。

(それよりも……)

先ほど薬種問屋の番頭から聞いた話と、政信の最期の様子は、まるで鏡の表裏のように、ぴったりと重なるではないか。

すると——。

政信に使われた毒は、芫青だったと考えられる。

(しかし……)

それから十三年の月日が流れている。

そしてその間、片岡父子は政長の近習として、今もいる。

(いかに、監視の目が光っているからといって……)

政長が、これまで無事だったのが不思議なくらいである。

(あるいは……)

そのとき、手持ちの芫青を使い果たしてしまったのかもしれぬな。

勘兵衛は、そんなことまで想像した。

芫青の入手は、かなり困難なものらしい。

（長崎か……）

蘭船や唐の船が入る、唯一の交易地だ。

本多出雲守の関係者が、長崎に出入りしていないかどうかを探る必要がある、と勘兵衛は考えはじめていた。

やがて〈七曲がり〉を辿って、勘兵衛たち主従は町宿に帰り着いた。

「おや」

玄関に、見慣れぬ雪駄《せった》が揃えられている。

鼻緒は、輪奈天《わなてん》（ビロードの一種）であった。

勘兵衛が、いま履いているのは麻裏草履だから、こちらのほうが高級品だ。

一瞬、次郎吉がきているのかと思ったが、ちがうようだ。

ちなみに雪駄は竹皮を編んだもので、草履とは画然と区別される。

「おや、藤次郎！」

玄関の気配を読んでか、姿を現わした人影を見て勘兵衛は目を瞠《みは》った。

「元気か。いつ江戸に戻った」

「昨夜でございます」

飯炊きの長助は、勘兵衛を呼びに出かけたそうだが、行きちがいになったようだ。

3

「なに、亥之助がか！」

藤次郎の口から山路亥之助の名が出たと思ったら、次には春田久蔵の名まで出た。

「ううむ……」

さらには、小泉や高輪なども出てくる。

（こりゃあ……）

いったい、どういうことだと勘兵衛は考え込んだ。

芝高輪には、直明が住む大野藩の下屋敷がある。

そして、そこに小泉長蔵という付家老がやってきた。

さらには、春田久蔵は、その小泉家の若党だった男だ。

もっといえば、山路亥之助と春田久蔵は、ともに越前大野から一緒に逃亡をした仲であった。

互いが複雑に絡み合って、全貌は、なかなか見えてこない。

（たしか、春田は……）

山路と長谷川と春田の三人で逐電ののち、春田一人は途中から別行動をとったと聞いている。

陪臣《ばいしん》ゆえに討手までは差し向けられなかったが、春田は甲斐の出だった。それで、あるいは故地である甲斐に逃げたのではないか、とも噂されていた。

甲斐の春田が小泉家の若党になった裏には、次のような歴史が隠されているようだ。

小泉長蔵の妻は、大野藩で大名分として扱われる津田家の娘である。

その津田家の先祖は、織田信清《おだのぶきよ》といって、織田信長のいとこにあたり、信長の妹を娶った犬山城主だった。

だが信清は信長に反旗を翻したあげく、城を捨て甲斐の武田家に逃げ込み、犬山鉄斎《いぬやまてっさい》を称したあと、息子の代に津田と姓を変えた。

そして、我が藩主である松平直良の父に拾われ、津田家の娘が直良を生んだ。津田家が大名分としてあるには、そのような流れがある。

そういったことども、つらつら考え合わせた結果、勘兵衛に、ひとつの道筋が見えてきた。

まず山路亥之助は、遠縁で江戸の旗本の屋敷に逃げ込み、さらにその縁で本多出雲守政利の屋敷に移った。

亥之助が大和郡山にいたことは、これで説明がつく。

では春田久蔵は――？

亥之助や春田たちは、銅山不正の証拠を隠滅するため、大野藩領持穴村《もちあなむら》の山師頭領の屋敷を襲って火を放った。

その後、徒目付たちと闘争の末に逐電したのである。

春田は亥之助と別行動をとるとき、互いの連絡先を交換したのではないか。

そして亥之助が、大和郡山に春田を呼び寄せた。

そう考えると、まあ説明はつく。

（だが、なんのために？）

そこまでの道筋はついたが、それからあとが続かぬ。

春田にも、中務大輔政長の暗殺を手伝わせようというのか？

ここで気になるのが、藤次郎が知らせにきてくれた、高輪、小泉、の断簡のような語であった。

二人はそれを、亥之助が旅立つ日、大和郡山の茶屋でこぼしていったらしい。

（亥之助は、いずれへ向かったか）

そして春田は？

高輪、小泉と聞くと、勘兵衛には下屋敷の小泉長蔵のことしか浮かばない。結局は、そこへ戻るのだ。

(まさか、小泉長蔵が……?)

二人と連絡を取り合っているのでは、あるまいな。

考えが、そこにいたって勘兵衛は、ぞくり、と背筋が冷えたような気がした。

頭の内に、まったくちがった図柄が、浮かんできたからだ。

だが……。

まさか、と次の瞬間には勘兵衛は、それを打ち消した。考えすぎだと思った。

「では兄上、私はそろそろ……」

じっと考えこんでいる勘兵衛に、藤次郎が言った。

「お、これはすまなかった。いいではないか、もう少しゆっくりしていけ」

「はい。しかし、このことを少しでも早く兄上にお知らせしようと思ったまでのこと。まだ勤めも残っておりますし、日高さまもまだお戻りではございませんゆえ……。日高さまが江戸に戻られたあと、また、ゆっくりとまいりますゆえ」

「おう、そうか。それは、わざわざすまなかったな」

勘兵衛が藤次郎を玄関まで見送ると、飯炊きの長助は戻っていたようで、

「あれ、これから昼餉の支度をしようと思っておりましたのに……」

台所から出てきて言った。

「いやいや、弟は、まだ仕事が残っているようなのでな」

藤次郎を送り出し、ふうっと勘兵衛は大きく息を吐き出した。

（さて、このことを……）

江戸留守居の松田に伝えたほうがいいのか、どうか——。

（やはり、伝えねばなるまいな）

昼食ののち、愛宕下の藩邸まで出向こうと決めた。

そして——。

（そうか。まもなく、日高どのも帰ってくるか）

そのときには、おそらく日高のことだから——。

〈久方ぶりに「和田平」で、ゆっくり語り合おうぞ〉

と言ってくるはずであった。

（さて、小夜のことを……）

勘兵衛は、その心配もしなければならない。

4

　六月に入ると、江戸の街街は賑わい立つ。

　五月二十八日の両国の川開きで、花火がぽんと上がったのを合図のように、江戸の各地では夏祭りが次つぎと始まる。

　とりわけ天下祭りとも呼ばれる山王祭は、まだこのころ隔年ではなく、毎年開催されている。

　その山王祭が、五日後に迫る六月十日、勘兵衛のもとに一人の使者がきた。

目立たぬ職人ふうの男が差し出したのは一通の書状で、口頭でよいから返事を賜りたいとのことであった。

　そこで勘兵衛が書状を開くと短文で、
　明十一日の夕、くだんの料理屋にて一献傾けたく、ご都合やいかに。△

とある。

どうやら、日高信義が無事に江戸へと立ち戻ったようだ。

「了解した。まいりますとお伝えください」

使いの男が何者かはわからぬが、日高は相変わらず用心深い。

（さて……）

〔和田平〕で会おうと返事をしたが、いささか気が重いところもある。

日高は、〔和田平〕の女将、小夜の父親であった。

小夜には、まもなく日高が戻ってくると伝えてあった。

もし小夜が、勘兵衛との仲を日高に伝えると言うようであれば、それなりの覚悟は必要だと考えていたが、小夜は、そのときなにも言わなかった。

そして──。

「わたしたちのことは、気取られないようにしてくださいね」

雲雨《うんう》の交わりのあと、小夜はささやくような声で言った。

それがかえって、勘兵衛には心の重荷になったものだ。

一方、高輪の下屋敷から直明は、ほとんど出ないらしい。

次郎吉による報告である。

──まさか、見張りがばれちまってるとは思えねぇんですが……。

首をひねったものだ。

——いや、その心配はないだろう。

実は、松田与左衛門の動きによるものだった。

やはり松田は捨て置きかねて、直明の行状が老中の耳にも入っていることを告げ、苦言を呈したうえで、上屋敷のほうに戻ってくるよう促したそうだ。

もちろん、直明は否定している。上屋敷への帰還も口を濁しているらしい。

そんなことから、直明は、新吉原行きを見合わせているのだろう。

松田の動きは、勘兵衛にとっては痛し痒しであったが、次郎吉に見張らせていることは勘兵衛の胸ひとつに収めていて、松田も知らぬことだからやむを得まい。

それでも直明は、川開きの日に屋形船で遊び、高砂町の踊り子などを呼んでいたそうだ。

これも次郎吉の報告である。

つまりは、そういうことで、直明に反省の色はない。

いずれほとぼりが冷めれば、またぞろ新吉原にも出かけるだろう。次郎吉には、引き続き見張りを続けるようにと頼んでおいた。

翌日、七ツ（午後四時）の声を聞いてから、勘兵衛は家を出た。日暮れには、まだ間があった。

いつもなら〈七曲がり〉の道を選ぶが、この日は道を東にとった。

右手に閻魔《えんま》堂の横壁を見ながら、蔵前通りに続く道だ。

抜けたところは鳥越橋の南で、橋を渡ってずんずん行けば、浅草寺を越えて新吉原への道筋である。

目の前には巨大な御米倉がそびえ、近辺には近ごろ、〈札差《ふださし》〉と称する店が増えはじめた。

（天下飢饉と聞くが……）

幸い越前大野では、さしたる被害もなかったという。

（父上、母上も達者であろうな）

そういえば、永らく手紙も出していない。

（許されよ）

と、勘兵衛は心で詫びた。

藩の密事に関わりだして、どうも手紙が出しにくい。よけいなことは書かずにすませる、という手もあるのだが、勘兵衛は、それほど器用ではなかった。

勘兵衛が振り仰ぐ米倉は浅草御蔵の南端、ちょうど八番堀あたりであったが、その南隣りに敷地一万坪を超える大名屋敷がある。

それが、本多出雲守政利の屋敷であった。

だが道の表側には町家が並んでいる。その屋敷には表門と切手門があるが、いずれも町家と町家の間を抜けて行かねばならない、といった特殊な造りになっていた。

今、その切手門の通路から、渋かたびらの武士が出てきた。服装から、本多出雲守の家中とわかる。

勘兵衛は動じることもなく、その武士をやり過ごした。

勘兵衛が、猿屋町からは、たとえ遠まわりになろうとも、できるかぎり〈七曲がり〉の道を選んできたのは、まず自分の顔を覚えられぬこと、屋敷内のことを探っていると悟られないための用心であったのだが、少しばかり事情が変わってきた。

あの山路亥之助は大和郡山の、郊外にある屋形に隠れ住んでいて、それが、いずこかへと旅立ったという。

(あの奥に……)

再び、出雲屋敷に舞い戻っているのではないか――。

そんなふうにも思えるのだ。

それで弟から、その話を聞いてより、八次郎や長助にも命じて、折あらば、この周辺で頬に刀傷の男を捜させている。

(別所どのさえいれば……)

このような苦労をせずにすむものを……と思っても、これは詮方《せんかた》ないことである。

ここ浅草瓦町に、一軒の菓子屋がある。

[高砂屋]といって、勘兵衛が江戸へ出てすぐのころ、松田の世話で二階の部屋に居候をしたところだ。もちろん目前の出雲屋敷を見張るためである。

その[高砂屋]に勘兵衛は入った。

「おや、お珍しい」

声をかけてきたのは、ここの長男で、番頭がわりも務めている喜十《きじゅう》という。

そういえば、この正月に年賀の挨拶にきて以来だった。

「なんきんおこしを、二つ包んでもらおうか」

「へえ。おい、頼むよ」

傍らの手代に命じて、次に喜十は、やや のっぺりした顔で笑った。

「実は、おたるのことでございますが」

「おたるが、どうかしたか」

おたるというのは、ここの下女で、勘兵衛が居候中、世話をしてくれた女である。

「へい。実は先月に縁あって、嫁ぎました」

「ほう」

話し好きで、小柄ながら胸も腰も大きく張って、まさに樽を思わせる女であった。

「もう来年には三十でございますから、のち添えでございますがね。浅草田原町の錺《かざり》職《しょく》で、平太《へいた》ってところにまいりました。落合さまがいらっしゃったら、よろしく伝えておいてほしい、と言っておりましたもので、お伝えいたします」

そうか。おたるは小夜よりも年下だったのか。

おたるの、やや目尻が下がった顔を思い浮かべながら、勘兵衛は思った。小夜は、勘兵衛より十歳年上で、三十である。

「それは、すまぬな」

頭の隅で、おたると小夜の顔を交互に浮かべながら、勘兵衛は言い、

「ところで、藤兵衛《とうべえ》どのはご在宅でござろうか」

「はい。親父に用でございますか」

「うん。挨拶をしておこうと思ってな」

頼んだ菓子は、日高と弟への土産にするつもりだったが、勘兵衛には、実は、こち

らのほうが目的だった。

主人の藤兵衛は、勘兵衛がなぜ出雲屋敷を見張るのか、すべてを承知していると思われる節があった。さらには松田から、仲良くして損のない人物と、常づね言い聞かされている。

そこに、なにかありそうなのだが、勘兵衛には、まだ本当のところはわかっていない。

「どうぞ、お上がりください、とのことでございます」

取り次ぎに立った喜十が、戻ってきて言った。

藤兵衛は五十半ば、恰幅のいい身体に下ぶくれの顔を持っている。

勘兵衛が無沙汰を詫びると、

「なに、なに、お忙しくされていることは、留守居さまよりも聞いております。お気遣いなど、なされますな。それより、なにかご用でもおありのようですな」

すでに勘兵衛の目的を、半ばは読み当てている。

そのあたりが――。

(端倪《たんげい》すべからざる……)

人物だ、と勘兵衛に思わせる、底深さを持っていた。

「いや、このようなことをお願いしていいものかどうか、悩んだのでありますが……」

左頬に刀傷のある男が、向かいの出雲屋敷にいる可能性がある。もしそのような人物を見かけるようなことがあれば、ご一報願いたい、と勘兵衛は頼んだのである。

それに対して藤兵衛は、余分なことはいっさい聞かず、ただひと言、

「羽織の紐《ひも》で、ございます」

と答えた。

胸にある。すなわち承知したと言ったのである。

5

［高砂屋］を出た勘兵衛は、菓子折二つをぶら下げ浅草橋を渡った。

［和田平］には、ほどよい時刻に着いた。日暮れまであと少し、夏の陽は大きく西に傾いている。

田所町の大門通り角近くの［和田平］は、門構えは小ぶりであった。〈平〉の文字

を白く抜いた、紺の長暖簾がかかっている。

勘兵衛は、暖簾を分けた。

間口は狭く見えるが、奥のほうは広い。

しばらく玄関まで石畳が続く。両脇には植え込みがあって、ところどころに足下を照らす置き行灯が配されているが、まだ火は入っていなかった。

ふと、大ぶりな鉢に植えられている、白い花が目についた。

野草のように葉を茂らせた先端に、小さな小さな五弁の花が群れている。

紫草《むらさきぐさ》であった。

花は白いのに、根は紫の染料になる。故郷の大野にはない花である。

――群がって咲くから、むらさき、というのですって。

そう教えてくれたのは、小夜であった。

五日前の昼下がり、開店前に忍んできた勘兵衛を、見送りに出たときのことである。

――わたしたちのことは、気取られないようにしてくださいね。

吐息とともに、耳朶《じだ》に届いたささやきまで思い出し、勘兵衛は、ふっと息をつく。

その小夜のことばが、他の誰でもない、(父の日高に対して……)であることは、言うまでもなかった。

玄関を開けると、式台ではすでに仲居が待ち受けていた。

「お待ちしておりました」

「おう。あなたは……」

魚屋の仁助の女房、お秀であった。

棒縞の薄物に、髪はおしゃこに結っている。その姿《なり》は粋筋にも見えて、とても魚屋の女房には見えない。

「いや、これは見ちがえました」

「きょうは落合さまが、お見えになると聞きましたもので、いつもより早めに出てきたんですよ」

勘兵衛から大小を預かりながら、小さな声でつけ加えた。

「うちの人が、よろしく伝えてくださいって」

お秀からは、ぷん、と香油のよい匂いがした。

「で、連れは」

「先ほどお着きですよ。案内させていただきます」

これまでは用心のために、日高の席には必ず女将自らが案内し、料理も運んで、隣りの部屋は空き部屋にした。

だから、多少、勘兵衛は面食らっている。

部屋は以前どおりに、二階の座敷であった。

「お連れさまが、お着きでございますよ」

お秀が声をかけるまでもなく、障子は大きく開け放たれていた。

「これは、丸どの。一別以来でござったのう。まあ、入られよ」

相変わらず元気な声を出す日高の隣りには、弟の藤次郎が座っていた。さらには、小夜までが脇に控えている。

その小夜が——。

「さあ、丸さま。どうぞ、こちらのほうに……」

ついと立ち上がって席を勧め、

「では、料理など運んでまいりましょう」

立ち去ろうとするのを日高はとどめた。

「待て待て。まだ話は途中ではないか。すでに酒は届いておる。料理なら、そこの……、ええと、お秀というたか……」

座ったばかりの勘兵衛に視線を移して、

「なんでも、丸どののご紹介のようじゃな」

「あ、はい」

「よい方をご紹介いただいて、喜んでおります」

間髪を入れず、小夜がことばを挟んだ。

「うんうん。わしが留守の間も、いろいろと心がけてくださったようで、わしからも礼を申す」

日高は軽く頭を下げたが、勘兵衛は汗顔ものであった。

それで――。

「あ、これは、土産と言うほどのものではございませんが……ええ、[高砂屋]の南京おこしで……」

と二つの菓子折を日高に差し出した。

「いや、これはすまぬな。あいにくと、こちらには、なんの土産もないのじゃが」

「いえいえ、土産ならば、すでに大きな土産をいただいております」

「そう言うてもらえればありがたい。それにしても、いや小夜がことは、いかい世話になったの」

再び話がそこに戻ってしまった。

そこへ助け舟を出すように、

「ま、おひとつどうぞ」

目配せでお秀を去らせた小夜が、銚釐《ちろり》を勧めてきた。

「あ、これは……、どうも……」

盃で酒を受けたが、いや、尻がこそばゆい。

「聞きまするると、あちらさまが、弟さまでいらっしゃるとか」

「あ、はい。藤次郎と申します」

「そうですってね。しばらくは江戸暮らしとか、たまには兄上さまと、ご一緒に遊びにいらしてくださいませ」

屈託もなさそうに、しゃらりと言いながら、それでも、いつもとはちがう江戸ことばで、銚釐を持った手が、藤次郎のほうに伸びた。

「それよりもじゃ、小夜」

日高が、藤次郎の盃が満たされるのを待ちかねたように言う。

「あ、はいはい。話が途中でございましたね」

「そうじゃ。おや、どこまで話したものか……」

「久しぶりに、浪華に行かれましたとか」

「それじゃ。実はな……。かよに会うてきたのじゃ」

「まあ、おかよに……。元気でございましたか」

するると、なにやら、藤次郎が首をかしげているのに、勘兵衛は気づいた。

「うん。亭主も元気であったぞ。それをな、わしは夫婦ともども大和郡山に連れてきて、茶屋を開かせたんじゃ」

「まあ……」

藤次郎は、えっ、というような表情になり、勘兵衛もまた驚いた。茶屋といえば、弟の口から聞いた、あの茶屋であろうか。

思わず言った。

「その、おかよさま、とおっしゃるのは？」

「おう、わしの娘でな。この小夜の五つ年下の妹じゃ」

「ははあ……」

小夜に妹がいるとは知らなかったが、弟の目がまん丸くなっているのを見て、やはり例の茶屋の夫婦だと悟った。

「で、子細は申せぬが、かよ夫婦には、わしの仕事を手伝ってもろうたのじゃ。じゃが、少しばかりきな臭いことになりそうだったのでな、その茶屋は閉じさせ、結局は大坂で寿司屋を一軒、持たせることにした。一応、そのことを、おまえの耳に入れておこうと思うてな」

「まあ、そのようなことが……。すると、おかよは、もう以前の七郎左衛門町には、おらぬのですね」

「そうじゃ。大坂へは無事に送り届けたがの。店のほうまでは決めかねた。いずれ決まれば、知らせてくる手はずになっておる」

「そうですか」

「うん。おまえが便りでも出して、居所不明では心配すると思うたから伝えておく」

「わかりました。いえ、元気でさえいればいいのです」

(なるほど……)

日高と小夜の話を聞いていて、勘兵衛にはひとつ合点がいった。

弟の藤次郎を、江戸に帰したあと日高が大和郡山にしばらく残ったのは、娘夫婦を逃がすのが目的だったようだ。

もし〈榧の屋形〉の一派が茶屋を怪しんで、その身許を調べたならば、いずれ日高の存在までが浮上するかもしれない。

日高はいつもの用心深さで、危害が娘夫婦に及ばぬように取りはからったのだろう。

(それにしても、この日高さん……)

「和田平」を、この地に開く資金を出したのは、おそらくこの老人だろうし、今度は小夜の妹夫婦に、寿司屋の開店資金も出したようである。

（なかなかの、お大尽ぶりだが……）

思えば大坂時代には、妾を囲って娘まで生ませている。

ただの家老用人ではない気もするが、そういったことをほじくるつもりは、勘兵衛にはなかった。

6

小夜が去ったあと、日高が言った。

「一昨日に、政長さまも無事にお江戸入りをされた。まあ、とりあえずは一段落がついたわけじゃ」

「と申されましても、藤次郎のお役目が、成就したわけではないのでしょう」

弟から詳しい話を聞いたわけではないが、その程度のことはわかる。

「いや、そうでもない。おおよそのことは判明いたしたでな。実は国家老の梶どのとも相談して、閉じた茶屋横に蜂蜜会所を設けることになったのじゃ」

「蜂蜜会所ですか」

「うん。あのあたりは養蜂が盛んでな」

『本草綱目』に〈効に五有り、清熱、解毒、潤燥、止痛、補中〉と記される蜂蜜は、大和では古くから採取され、養蜂も盛んにおこなわれた。

大和郡山では、主にレンゲから蜂蜜をとり、巣箱を用いた養蜂がすでにはじめられていたのである。

「ま、番所というは口実で、要は〈梱の屋形〉を四六時中、見張らせるわけじゃ。連中も、それくらいはわかるじゃろうから、今後は下手な動きができぬじゃろう」

なるほど日高が大和郡山に残ったのは、なにも娘夫婦を逃がすため、だけではなかったらしい。打つべき手は打っていた。

「藤次郎どのの、こたびの働きについては、我があるじからも、お褒めのことばがあった。次にどのような役が下されるか、今のところ決まってはおらぬが、将来は明るうござろう」

「それを聞いて安心いたしました。すべては、日高さまのおかげでしょう。今後とも、弟をよろしくお願いいたします」

勘兵衛が兄として礼を述べたとき、小夜とお秀によって料理が運ばれてきた。

「お待たせをいたしました。きょうは、鱸《すずき》のいいのが入りましたのでね。ひとつは、夏月《かげつ》の珍《ちん》、と呼ばれる膾《なます》にいたしまして青酢《あおず》をかけたもの。もうひとつは刺身にいたしましたもの。こちらは、生姜酢《しょうがず》でどうぞ」

小夜が差し出す箱膳の上で、深緑色の紫蘇《しそ》の葉に載せられた白い魚肉が、小夜の肌のようにつややかに光っている。

続いて二の膳を運んできた、お秀が言う。

「こちらは、ガザミ（ワタリガニ）を蒸し上げたものだよ。緑色のほうが蓼酢《たでず》で、もう片方が三杯酢、お好きなほうでどうぞ。身をむしるのが面倒だったら、わたしがむしって差し上げるよ」

「よい、よい、勝手に好きなように食らうわ」

日高は小夜たちを追い出し、いよいよ本格的な酒宴に入った。

その間に、さまざまなことが語られる。

熊鷲こと山路亥之助のこと、春田久蔵のこと、さらには勘兵衛が先般調べた原田九郎左衛門と斑猫のこと――。

「ふうむ、長崎のう」

日高は顋をなでながら、しばらく考え込んだ。

藤次郎はといえば、真っ赤に色づいたガザミに、夢中でかぶりついていた。

「かえすがえすも、四角どのが国帰りされたのが、痛うございますな」

つい先刻、浅草御蔵横の出雲屋敷で思ったことを、勘兵衛は口にした。

「まことに……。しかし、手をこまねいていたわけではないぞ」

「と申しますと……」

「うむ。実は折助《おりすけ》を送り込んでおいた」

「まことでございますか」

折助とは、渡り中間《ちゅうげん》のことである。

大名家の江戸屋敷において、国許から中間を江戸に連れてきては経費がかかるので、口入れ屋を通して雇い入れる労働力だ。

給金は驚くほどやすいが、その代わりに衣食住が保証される。

「四角どのが国帰りとなったゆえ、急ぎ手配だけはしておいたのじゃ。それが、わしらが大和に行っておる間に潜《もぐ》り込んだそうじゃ。まだ半年とちょっとじゃし、中間ゆえに、たいしたことまではわからぬじゃろうが、熊鷲が屋敷内におるかどうか、くらいには役立つかもしれぬ」

「それは、ぜひにも連絡《つなぎ》をとっておいてください」

「承知した。なにかわかれば、必ず知らせようぞ」

「お願いします」

「それより、やはり斑猫の件だな。うむ、芫青というたか。丸どのの言われるとおり、その毒、どう考えても政信さまのときの症状に、そっくりじゃ」

十三年前に毒殺された、政長の弟君のことを考えていたらしい。

日高は、にわかに声を落とした。

「例の天神林に四月朔日な……」

「はい」

「いつも政長さまに、べったりじゃ。して、尻も差し出しゃ、口も吸おう」

「ははぁ……」

「もし、そのような毒を持っておれば、政長さまは、とっくに三途の川を渡っておるわ」

「ということは、芫青はいまだ……」

日高もまた、十三年前に芫青を使い果たしてしまった、と考えているようだ。

「さよう。手に入っておらぬ、ということよのう。じゃが、喉から手が出るほど欲しかろう」

「…………」

そのところが、もうひとつ勘兵衛には納得がいかない。

なぜなら、本多中務大輔政長は一昨年に養子を迎えている。

水戸藩支藩である、陸奥《むつ》守山藩主の次男・平八郎《へいはちろう》であった。

もし何ごとかが政長に起これば、平八郎が跡を継いで、本多出雲守政利に利するものは、なにもないはずなのだ。

そのような疑問は、以前にもぶつけたことがある。

そのとき日高は――。

――御養子は、まだ七歳。ご成長までは油断ができません。

というようなことを答えたが、平八郎は、今年九歳になっている。

やはり平仄《ひょうそく》が合わない。

だが、一方では――。

(本多政利という男、いったい、どういった性格を持っておるのか)

常識では、はかれない人物だと勘兵衛は思っている。

なにしろ、政長が平八郎を養子に迎えたのちにも、あの大名行列襲撃事件は実行に移されようとしたのだ。

なんだか得体の知れないものを感じ、勘兵衛は美酒に酔いしれることができないでいた。

「こりゃ、政利の家中で、長崎に行っておる者がないかどうか、早急に調べる必要がありそうじゃ」

すでに顔も赤らんだ日高は、大きくうなずくように言って、

「うむ。場合によっては、長崎まで出向かねばならんかもしれんて」

再び、大きくうなずいた。

凶報届く

1

珍しくその日、勘兵衛は町宿で、昼近くまで横になっていた。
二日酔いであった。
酔えぬ酔えぬと思っているうちに、夕べは［和田平］で酒を過ごしてしまったらしい。
ふと、勘兵衛は飛び起きた。
玄関のほうで声がした。それが松田与左衛門の声に似ていた。
この町宿を、松田が直接に訪ねてきたことなど、一度もない。
（まさかな……）

とは思ったが、勘兵衛は急いで身繕《みづくろ》いをした。

なにか、よからぬ予感があった。

そこへ八次郎が入ってきて、

「旦那さま、御留守居役さまが……」

「うむ。すぐにまいる」

無精ひげを咎《とが》められるのではないか、と思いながら座敷に移る。といっても、隣室でしかないが……。

「これは松田さま」

「うむ、火急のことがあってな」

「なにごとでございましょう」

「国許のな。塩川重兵衛どのが亡くなられた」

「なんですと……！」

親友、塩川七之丞の兄である。初恋の相手である園枝の長兄でもあった。

それに、伊波利三の姉の夫でもある。

「いつのことでございますか」

「うむ……。それよりも……じゃ」

「はい」

「聞いて驚くでないぞ。実はな……。重兵衛どのは、山路亥之助に斬られたそうじゃ」

「えっ！」

勘兵衛は、才槌《さいづち》で思いきり頭を殴られたような心地がした。

「い……、亥之助とおっしゃりましたか」

(はて？　亥之助が……？　この江戸ではなかったのか……)

いちどきに、いろんな思いが逆流してきて、勘兵衛の思考は混乱した。

「うむ。とにかくな。亥之助がことは、そなたから、つい先月に聞いたばかりじゃ。まさか亥之助の向こうた先がご城下とは、わしも驚いた」

「で、亥之助のほうは、いかが相成りましたか」

「おう。そのことじゃ、いや、これは順序立てて話さねばならん。まず、これを知らせてきたのは大目付どのの若党で、沢井杉太郎《さわいすぎたろう》という者だ」

大野藩大目付は塩川益右衛門、亥之助に斬られて死んだという重兵衛の父親である。

「沢井が申すには、亥之助と思われる不審な浪人者の姿は……」

四月ごろから、城下近郊の村村で目撃されていたという。

（すると亥之助は……）

山路亥之助が、大和郡山〈榧の屋形〉を旅立ったのが、昨年十一月のことである。

松田の話は、大目付の塩川益右衛門が、国境巡視の際に出会った浪人者の話に移り、やがて長男で御目付格の塩川重兵衛が、亥之助めを成敗してくれる、と土布子村あたりの探索に入ったと続いていく。

「そして、ついに出会うたそうだ。それが今月三日のことじゃ。重兵衛は供の者を二人連れておったが、三人が三人とも手傷を負わされた。もっとも亥之助のほうも傷を負い、だが、九頭竜川の激流に飛び込んで、たちまちに姿が見えなくなったそうでのう」

「ううむ」

勘兵衛は唸った。

塩川重兵衛は、故郷の村野道場で師範代を務めるほどの遣《つか》い手である。

一方、亥之助のほうも同じ道場で小野派一刀流を学び、だが、席次は常に五位以下であった。

（その重兵衛が、亥之助ごときに……）

実は勘兵衛、驚いている。

亥之助は江戸に逃げてより、柴任三左衛門《しばとうさんざえもん》に剣を学んだところまでは知っているが――。

（それほどに、腕を上げておったのか……）

おそるべし、とも思う。

柴任は、宮本武蔵の二天一流を嗣《つ》ぐ三代目の師範で、本多出雲守政利の父・政勝のころ大和郡山藩に招かれ仕官した。

勘兵衛も、この江戸で一度だけ会ったことがある。その後に柴任は大和郡山藩を致《ち》仕《し》して、いずこかへ去った。

「傷を負ったうえに、あの大河に呑まれれば、おそらく助かるまい、とは思うが、下流から遺骸が見つかったというわけではない。探索は続けられておるそうじゃ。ところで重兵衛は深手での、薬石の効なく二日後に身罷《みまか》ったそうじゃ」

「ということは、五日に、ということになりますか」

「そういうことじゃ」

「すると、きょうは十二日ですから……」

それにしても、早い。

「うむ。沢井という若党、ところどころは早馬を使い、わずかに七日で知らせてきたということじゃ」

「で、七之丞には」

塩川七之丞は遊学のため江戸にきて、湯島の〈弘文院〉（昌平坂学問所の前身）に学んでいる。

「沢井はまず、七之丞にこのことを知らせ、それから、わしのところへやってきたのじゃ」

「そうですか。では……」

（おそらく七之丞は、今ごろ……）

急ぎ、故郷へ戻る支度をしておろう。

（あるいは、もう……）

旅立ったかもしれぬ、と考えると勘兵衛は気もそぞろになった。

「うむ。行ってやれ。あるいはそのまま、もう江戸には戻らぬかもしれぬ。それゆえ、わしは、急ぎ、ここにきたのじゃ」

「それは、ありがとうございます」

松田は、勘兵衛の行動まで読んでいたようだ。

（そうか。江戸には戻れぬかもしれんのだ……）

長男の重兵衛が死んだとなると、次男の七之丞が塩川家の新たな嫡子ということになる。これまでのように、好きな学問を学ぶということは難しいだろう。

「では……」

すぐにも七之丞が住む、上野町・肴棚《さかなたな》に駆けつけるべく勘兵衛が立とうとすると、

「もうひとつ、つけ加えておくことがある」

と松田が言った。

「よいか。国許に亥之助が現われてなしたる所行、今しばらくは、わしが胸ひとつに収めて、誰にも漏らさぬ。その点だけは心得ておけ」

「は……?」

どういうことだろうと、勘兵衛は思った。

「わからぬか。若君の耳に入れば、ややこしいことになる。それゆえ使いも立てず、わしゃ、ここへ一人できたのではないか」

「ああ、さようでございましたな」

勘兵衛は、思わず苦笑した。

元もとが勘兵衛を、この江戸に呼び寄せたのは若殿の松平直明である。

そして山路亥之助を暗殺せよ、との密命を与えられた。

　そもそもは、それがはじまりであったのである。

　ところが直明は飽きっぽい性格で、密命を与えておきながら、いつしかそのことを忘れている。

　それを奇貨として江戸留守居役の松田は、若殿の密命をあっさり撤回したあげく、勘兵衛を配下のお耳役とした。

　その際に――。

　――よいか。そなたの顔を若君が見れば、またぞろ、ややこしいことを言い出さぬともかぎらぬ。

　よって下屋敷には行くな、と言われたことも思い出した。

　だから勘兵衛は、江戸に出てきたとき以来、直明には会っていないのであった。

　松田は続ける。

「昨年、伊波利三が城下に戻る際、わしゃ左門《さもん》に、廃嫡を匂わせて脅しつけておいた」

「ああ、さようなことがありましたな」

　左門とは直明の幼名で、松田はそのころ傅役《もり》であったから、今もそのような呼び方をする。

「そして先日は、吉原の一件で、またまた苦言を呈しに行った」

「はい」

「わしには左門の気質が、よくわかる。頭を何度も押さえつけられ、なんとか反撃ができぬものかと思うておるにちがいない。そんな折も折だ――」

「はい」

早く七之丞のところへ駆けつけたいのは山山だが、いま松田が語りだしたことは、勘兵衛には、とても重要なことに思えた。

なるほど直明の性格については、生まれてこのかた成長するまでを手元で育てた、松田以上に知る者はいなかった。

その直明が、次期の藩主となる以上、これは謹聴しなくてはならぬ。

「そんな折――脱藩者が家士を斬り殺したなどと知ってみろ。わしへの反発がすり替わって、塩川の家に仇討ちを命じよ、などと騒ぎ立てかねん」

「いや、それは一大事……」

仇討ちだなどとなると、さしずめ貧乏くじを引くのは七之丞だった。

「これは大きな声では言えぬが、我が殿というのも、武骨一辺倒のお人じゃからな。嫡子の左門が騒げば困ったことに、おう、もっともじゃ、などと言いかねぬ」

（なるほど……）

改めて勘兵衛は、松田という人物の懐の深さを思い知った。

「しかし……」

だが、あえて勘兵衛は尋ねてみた。

「九頭竜に流れた亥之助は、生きていましょうか」

「もちろん、いざというときには死んだことにしてしまう」

微妙な答えだった。

「じゃが、どうかな？　なんの根拠もありゃせぬが、あの亥之助、いついつまでも祟《たた》りそうな気がするぞ」

（うむ。生きているかもしれぬな……）

勘兵衛も、なんとなくそんな気がした。

2

下高輪の東禅寺《とうぜんじ》は、黒船が浦賀に現われたのちにイギリスの公使館が置かれ、これを尊王攘夷派の水戸浪士が襲撃したことで知られている。

だが、それはずっとのちのことであって、この禅宗臨済派の寺の総門は海に臨んで、〈海上禅林《ぜんりん》〉と風雅な額が掲げられていた。

その門前脇に森がある。

〈有喜寿《うきす》の森〉という。有喜寿八幡の杜《もり》である。

森は鵜《う》の塒《ねぐら》となっていて、おびただしい糞が、樹や葉にかかって白銀色に光っていた。

特に柊《ひいらぎ》の大木が生い茂るあたりは、海上からもよく目立って、船頭たちに目印として利用されている。

だから基《もと》は〈鵜樹巣〉だったのが〈有喜寿〉と変わったらしい。また浮洲のように見えるから、という説もある。

それはともかく、この森に三人の百姓男がいた。

いや、百姓の扮装をしている、といったほうが正確であろう。

三人のうち、二人は木の根に腰掛けて、いかにも近在の百姓が畑仕事の合間に、日陰で涼をとっている、といった感じに見える。

残る一人は、少し離れたところで松の木によりかかり、じっと参道の先、東禅寺山門のほうを見つめていた。

時刻は五ツ半（午前九時）を越えたころ、先ほどまでかまびすしく鳴きわめいていた蟬の声も一段落し、だが夏の陽光は激しさをくわえ烈烈と海面を射る。樹間を通して縮緬皺《ちりめんじわ》のような波が、きらっ、きらっ、と光の箭《や》を放っていた。

「きょうは、愛宕の権現さまの四万六千日ですぜ」

木の根に腰掛けていた若いほうが言って、あーあ、と溜め息をついた。

「なんでぇ、為《ため》、おめぇ、そんなに行きてぇのか」

少し険のある声を出したのは、［冬瓜の次郎吉］であった。

為、と呼ばれた若者が言う。

「そういうわけじゃねえけどよう親分、天王祭にも行けずじまいだったし……」

「相変わらず、ぐだぐだ文句の多いやつだ。癪《しゃく》持ちでもねえおめぇが、青酸漿《ほおずき》を買ってどうしようってんだ。よし、かまわねえ。とっとと行っちまいな」

「親分、そんなに怒らねえでくだせえよ。だってこうして、もう、ひと月も過ぎたってのに、いつ終わるともわからねえもんだから……」

大野藩の下屋敷を見張りはじめて、まるひと月と一日が過ぎている。

そしてきょうの六月二十四日は、愛宕権現社の千日参りだった。

この日に参詣すれば、四万六千日分のご利益があるそうで、まさに雲霞《うんか》のごとくに参拝客を集める。境内で売られる青酸漿は、癪《さしこみ》や、小児の疳《かん》の虫の根を切るといわれている。

次郎吉らが見張る大名屋敷は、東禅寺から榎坂ごしの隣りにあって、東には下高輪村の畑地がある。

はじめのうちは、畑地の納屋などに身をひそめて見張っていたが、長引いてくると怪しまれるおそれがあった。

そのため、数を四人に増やして本隊を〈有喜寿の森〉に置き、うち一人が張り番に、もう一人がさらにその張り番に立つ、という方法に変えた。

見張りの場所も人も頻繁に替えて、顔を覚えられないようにとの方策である。

さて、それからしばらくののち——。

「あ、親分、善次郎《ぜんじろう》ですぜ」

東禅寺山門を見張っていた子分が言った。

もし下屋敷に動きがあれば、張り番は榎坂に面する寺の裏門から入り、境内を山門に抜けて知らせる手はずになっている。距離にしてわずかに一町（一〇〇《メートル》）ほどであった。

「よし、行くぜ」

次郎吉は、すばやく立ち上がった。

次郎吉たちの姿に気づいた張り番は、参道の途中できびすを返し、再び駆け戻って山門の奥へ消えた。次郎吉たちは、その跡を追った。

裏門にへばりついている善次郎に追いつくと、

「駕籠が出やした。きのうと同じ供揃えのようですぜ」

「やはり二本榎の方角か」

「へい。まだしんがりは、角を曲がりきっておりやせんので、あとしばらく……」

きのうも、昼過ぎに駕籠が出ている。

月に一度の墓参であった。

次郎吉たちは駕籠の動向を慎重に見極めたが、結局は大乗寺と屋敷との往復だけで、途中どこにも立ち寄らずに終わっている。

(おかしいな……)

二日続けての外出が、次郎吉には匂った。

(しかし……)

駕籠の行き先は——。

上行寺《じょうぎょうじ》の門前に、榎の大木が二本あることから呼ばれる二本榎を北上する道筋は、大乗寺への道筋に一致していた。

しかも供揃えも、きのうと一緒だという。

「よし」

次郎吉は決断をつけた。

「きのう、きょうと、ぞろぞろ首を揃えて跡をつけたんじゃ怪しまれる。きょうは俺と善次郎でやっつける」

「じゃ、あっしたちは……」

為が言う。

「ふん。愛宕山ででも遊んできな」

次郎吉は、ゆっくりした足取りで寺の裏門を出ながら言った。

「善の字、半町は離れてついてくるんだぜ」

「合点」

すでに行列の影は榎坂から消えている。

だが次郎吉は、急ぐでもなく跡を追った。

道は清信寺《せいしん》のところで右手《めて》に折れ、門前のところで左手《ゆんで》に折れして二本榎の道に通ずる。そのことを考えてのことだった。

3

肥後熊本藩・細川越中守《ほそかわえっちゅうのかみ》の向屋敷《むこうやしき》前を過ぎるあたりから道は、複雑に入り組みはじめる。

（おや……！）

行列より一町ばかり後ろを行く次郎吉は、緊張して目をこらした。

細川家屋敷の少し先に四つ辻があったが、駕籠の一行はまっすぐに進んでいく。

（たしか、きのうは……）

駕籠は左に北折する道を選び、椎の大木に見下ろされながら魚藍坂《ぎょらんざか》を下った。

それから、伊予小松藩・一柳山城守《ひとつやなぎやましろのかみ》の下屋敷のところで右折すると、一帯は三田寺町で、その道筋が大乗寺へと至る。

（こりゃあ、いよいよ）

と次郎吉は思ったが、

（さて……）

次には、首をひねっている。

(このまま進んでいけば……)

実は台地の上に刻まれたこの道筋は、中世のころの東海道であった。

だから、芝の田町あたりで海べりの道に合流する。

つまり――。

これから吉原へ向かおうとしている、可能性はあった。

しかし、まさか、このまま駕籠で乗りつけるわけでもないだろう。

いま駕籠が進んでいくあたりは、〈月之御崎《つきのみさき》〉と呼ばれるところで、眼下に海を望む景勝の地であった。

だが、今は――。

秋ならば月の御崎はいかならん
名は夏山のしけみのみして

と詠まれたとおり、海に向かう岡下には、雑木と夏草ばかりが茂る寂しいあたりであった。

まわりは寺ばかり、それでも寂しいながらに片側町は続いていて、高札場もある。

よってこのあたりを〈札の辻〉とも呼ぶ。
その通りを、駕籠はゆるゆると進んで上野《こうづけ》沼田藩・土岐《とき》山城守の下屋敷前を過ぎた。
そしてそろそろ聖坂《ひじりざか》の下りに取りかかろうというとき——。
（おっ！）
次郎吉は、すばやく左右に目を走らせたあと、手近の門前町に姿を隠した。
坂の途中で、駕籠が止まったのだ。
「…………」
息を殺して、そっと確かめる。
少しばかり距離があったが、下り坂の途中なので見通しはよい。
駕籠が止まったのは、どこぞの大名屋敷の前である。
次郎吉は知らないが、それは豊後《ぶんご》森藩の久留崎信濃守《くるさきしなののかみ》の下屋敷であった。
いや、ちがったようだ。
草履取りが、草履を揃えはじめたのは屋敷とは反対側、寺の門前のほうである。
三田寺町聖坂にある曹洞宗の寺で、光雲寺という。のちには功運寺と字を改めた。
やがて駕籠屋根が開いた。駕籠から現われる人影が見えた。
きのうとは衣装が替わっているが、越前大野藩の若様に相違ない。

(あの寺は、いったい……?)

考えているうちにも、何人かが寺へと消えていく。

(はてさて……)

次郎吉が、事情のわからぬまま様子見をしているところに、善次郎もやってきた。

「なんだか、おかしなところで止まりやしたね」

「そうだな」

「おっ、陸尺《ろくしやく》が向きを変えやしたぜ」

陸尺とは、武家を乗せる駕籠を担ぐ者をいう。

「なんでぇ、なんでぇ、引き返《けえ》してくるみたいですぜ」

善次郎が言った。

そうなのだ。

坂道に止めた駕籠はそのままに、前後二人ずついた陸尺が、進行方向だけを変えて、坂を上ってくる。

「おい。ここで立ち話をしているように見せるぜ」

次郎吉は咄嗟《とつき》に言うと、いかにも知り合いの百姓に出会ったかのように、しゃべりはじめた。

「それでよう。うちの嬶《かかあ》が言うには……」

とかなんとか、意味のないことをしゃべっているうちに、空駕籠の行列が目前を過ぎていく。

しゃべりながら次郎吉は、その供揃えを数えていた。

（ひぃ、ふぅ、みぃ、よう……）

四人の陸尺の他は、小姓らしいのが五人、槍持ちが一人に、足軽中間が二人の、合計で十二人であった。

すると小姓一人と、いちばん年を食った侍に――。

（若様を入れた三人が、消えたことになる）

「どうしやす……」

駕籠の一行が通り過ぎて、善次郎が尋ねてきた。

「どうせ、空駕籠だ。放っておけ。それよりあの寺に入っていった三人だ」

「へえ。いってえ、どういうこってしょうね」

「わからねぇ。わからねぇが、様子を見るしか仕方がねえ」

だが、たいして待つほどもなく、三人の武士が光雲寺から出てきた。

「先に行くぞ」

「へい」

善次郎の声に送られて、次郎吉は再び尾行に取りかかる。若様を交えた三人は、振り返ることなく坂を下ろうとしていた。

この道は、高野聖《こうやひじり》が切り開いたといわれていて、それで聖坂の名がついている。

若様を挟むようにして、三人の背は坂を下り続けた。

つと、左に曲がった。肥前福江藩・五嶋淡路守《ごとうあわじのかみ》の屋敷のところだ。

このあたり、台地上に縦横に道を刻んだので、そこらじゅうが坂だらけだ。

今度の道は上りで、汐見坂という。名のとおり振り返れば袖ヶ浦の海を一望できた。

さらに、突き当たりを右折した。

次は下りになって、この坂は安全寺《あんぜんじ》坂という。

（わからねぇ……）

慎重に跡を追いながら、次郎吉は首をひねるしかない。

駕籠や供の者も帰し、三人という少人数で歩きはじめたとき――。

（やはり、吉原だぜ）

そう確信したのだが、どうも様子がちがうようだ。

やがて安全寺坂が突き当たる。身軽になった三人連れは、そこを左に曲がった。

次郎吉は走った。複雑に道が入り組むあたりだから、見失うおそれがあった。

このあたりの町は三田町《みたちょう》といって、元は三田村である。昔は禁裏に年貢米を収めていたので御田《みた》と呼ばれていたのが、三田と変わった。

町もまだ、どこか田園の面影を残していて、町奉行と代官の、両支配地となっているところだ。

それはともかく、若様と二人の供侍は、そこに建つ小ぶりな屋敷へと入っていったのである。

（さて、ここは……？）

町が開かれて間もないから、閑散としている。町家もまばらで人影もない。

だが三人が入った先は、町家ではなさそうだ。

4

次郎吉は、油断なく屋敷前に歩を進めた。

塀は簓子塀《ささらこべい》で、中は覗けない。檜皮葺門《ひわだぶき》も、しっかり閉じられていた。表札もない。

ざっと見たところ、百坪足らずの土地のようだが、建物は典雅であった。

（町並屋敷《まちなみやしき》ではないか）

次郎吉は、そんなふうに思った。

大名などが、家臣、あるいはお抱え医師や、お抱え絵師などに与える屋敷を、こう呼ぶ。

いったんは通り過ぎ、再び戻ってくると善次郎がいた。

「あそこへ入った」

「誰の屋敷で？」

「わからねぇ」

適当な場所から、しばらく見張ったが、なんの変化も起こらなかった。

と、善次郎が、

「番屋で聞いてきやしょうか」

一応は町なんだから自身番がある。それが、ずっと東のほうにあった。

「そうしてくれ」

次郎吉は、懐から一枚の手札を取り出して善次郎に渡した。

それには火盗改め役与力、江坂鶴次郎《えさかつるじろう》の署名がある。

火盗改め役与力付き人の次郎吉は、町奉行所の岡っ引きのように十手《じって》は持たぬが、この手札が身分証明書となって、聞き込みの際などに役に立つ。

やがて、善次郎が戻ってきた。

「あれは、肥前島原藩のお抱え能役者で、大槻玄齋《おおつきげんさい》という者の町並屋敷だそうで」

「肥前島原藩だと……」

「へい。あの屋敷裏が、その殿さんの下屋敷で、松平主殿頭《とのものかみ》さまとおっしゃるそうで」

「ふうん」

「でも、その能役者ってのは、あそこにゃ住んじゃいないってんでさ」

「じゃ、誰がいるんだ」

「永らく空き屋敷になっていたのを、半年くらい前から誰かに貸したようだ、と言っておりやした。でも借りているのが侍らしいので、身許までは詮索していねえってことでござんした」

「わからねぇ、といっても姿くらいは見てるんだろう」

「そう、そいつでさあ。最初のうちは、実際に誰かが住んでやがるのか、いねぇのか、ほとんど姿を見ることはなかったってぇんですが、今月に入《へえ》ってからは……」

でさ」


善次郎は、そこで唇を湿して続けた。

「侍は侍なんだが、なんだか浪人のような風体の野郎が住みついたようだって言うん
「ふうん」

次郎吉は、首をかしげる。

「なんでも、なまっ白《ちろ》い顔の男だそうで、毎日、田町二丁目にある煮売り屋まで出かけては、飯やら菜やらを買ってくるそうでござんすよ」

「つうと、あの屋敷で一人暮らしってぇことになるのか」

「そのようでござんすね」

善次郎の話を聞いていて、次郎吉は、ますますわけがわからなくなってきた。

飯炊きも置けないような浪人者が一人住み、そこへ天下の大名の若様が忍んで行く。

絵柄が、まるで見えてこないのである。

「ところでよう。で、その……インゲンだかハクサイだか知らねぇが……」

「ゲンサイでやす。大槻玄齊」

「うん、そいつはどこに、いるんでぇ」

「ちゃんと調べてきやしたぜ。肥前島原藩七万石の上屋敷は幸橋御門内だそうで、大

槻玄齊は、そこからほど近い八官町《はちかんちょう》というところに住んでるそうで」

「おう、京橋南のか」

これより五十年ほど昔に、ハチクワンというオランダ人に宅地が与えられたところで、その名がある。

（どうにか、調べの手づるは残っているな）

次郎吉は、そんなことを考えている。

そんなこんなで、小半刻（三十分）が過ぎようかというころ、町並屋敷に変化があった。

ふいに人影が現われたのだ。それも、三つ。

「おい、善の字」

その三人が、こちらのほうへやってくるので、次郎吉は善次郎の袖を引き、安全寺坂を駆け上った。手近の寺の門前に飛び込む。

「いや、驚いた。揃いの衣装でしたぜ」

善次郎の目は丸くなっていた。

次郎吉だって、目を剝いている。

三人が三人とも、一昔ほど前に町奴たちの間で流行っていた〈かまわぬ文《もん》〉の小袖を着ていた。それも着流しである。

〈鎌〉の絵に〈○〉と〈ぬ〉の字を小袖や法被の背に大きく描いた模様が〈かまわぬ文〉で、〈構わぬ〉の判じ物になっている。

のちには七代目の市川團十郎《いちかわだんじゆうろう》が、趣向を変えたものを舞台で着て、再び大流行となった模様であった。

あの町並屋敷で、三人は衣装を変えたようだ。衣装だけではなく、揃いの朱塗りの網代笠《あじろがさ》をかぶっていた。

そのため顔は確認できないが、背格好や体型から、ずっと尾行してきた三人にまちがいなさそうだ。

笠で顔を隠しながら、そのくせ、いやに目立っている三人連れは、寺門に潜む次郎吉と善次郎の目前の坂下を、左から右にと動いて、すぐに見えなくなった。

再び、次郎吉たちの尾行がはじまった。

やがて田町も過ぎ、肴棚町《さかなだなまち》にかかると三人は、横町の路地に入った。その先は砂浜である。

その浜は、中世のころは河口港で、水運や漁労の中心地であった。それで一帯は漁師と魚市場の町であったが、日本橋に魚市場が移り、近ごろはめっきり魚屋も減っている。

「読めたぜ」

次郎吉は小さくつぶやいた。

「ここで舟を雇って、吉原へ繰り込もうという算段だ」

次郎吉の、この読みは当たっていたようだ。

およそ八町（八〇〇メートル）にわたる砂浜の西の隅っこに鹿島社が祀られていて、その近くに漁師上がりの船宿があった。

すでに舟の用意はできていたらしく、三人の〈かまわぬ文〉は、船宿に入ることもなく、砂浜の一丁櫓に乗り込んでいく。

その様子を、じっと次郎吉は見つめていた。

やがて舟は浜を出た。舳先は東に向けられている。

大川河口まで海を行き、川をさかのぼって吉原へ、という道筋を次郎吉は頭に描いた。

（そこまで、およそ……）

水上を二里ばかり、と読んだ。

一丁櫓の舟が、三人を乗せて大川をさかのぼっていこうというのである。せいぜいが、人が歩く速度くらいしか出ない。

(まず、一刻はかかるな)

現代の時間だと、二時間である。

「おい、善の字」

「へい」

「おめえは足が速い。山谷《さんや》堀に先まわりしな」

「合点」

吉原通いの猪牙舟も、すべては山谷堀で客を降ろす。

遊客は、そこから日本堤を歩いて吉原の大門《おおもん》をくぐるのであった。

大門の内には、医者以外は、何人《なにびと》であろうと駕籠や馬で乗り入れることはできない。町駕籠を雇ったとしても、大門前で下りなければならなかった。

「少少、聞き込んでから、俺もあとを追いかける。あいつらが、どこの揚屋《あげや》に入ったか、どこの楼《くるわ》に上がったかも、抜かりなくな」

「まかしといて、くんなせえ」

善次郎は、雲を霞と走りだした。

「さて……と」

善次郎は先ほど砂浜から、舟押し出しをしていた二人の紺色法被の人足に近づいていった。

船宿の使用人らしい二人から聞き込み、次は八官町の能役者を訪ねるつもりである。

5

七月に入って季節は秋に変わったが、いよいよ暑さは本腰を入れてきたらしい。

その日、落合勘兵衛は、珍しく着流しの姿になって増上寺を御成門から入り、松原横を歩いていた。

空には雲の一片もなく、赫赫《かっかく》とした烈日が地を照らして、松の梢では油蟬が声を競っている。

勘兵衛が故郷の凶報を耳にしてから、すでに二十日以上が過ぎていた。

松田からそれを知らされた勘兵衛は、すぐに上野町、肴棚《さかなたな》の筆墨問屋［日高屋］に馳せ参じた。

そこに塩川七之丞は間借りして、〈弘文院〉に通いながら、寺子屋を開いていたのである。

慰めのことばも見つからぬ勘兵衛であったが、友の七之丞は気丈に振る舞い、越前大野から駆けつけた若党の沢井とともに故郷へ戻る支度をしていた。

翌朝、勘兵衛は友を駒込追分の三叉路まで見送った。

(今ごろは――)

すでに越前大野・柳町にある屋敷に帰り着いているはずの七之丞は、どうしておるか。

(そして、園枝どのは……)

そんなことを思いながら、勘兵衛は蟬時雨どころか、蟬の洪水のような松原脇を過ぎていくのであった。

やがて鷹御門をくぐり、蓮池下の茶屋のあたりまできたとき――。

(相変わらず、おられるな)

赤羽方面へ出る柵門から近く、竹林を背に大きな石が置かれているが、そこに一人の男が腰掛けていた。

濃紺の単衣《ひとえ》を尻っ端折りにして、手には箒《ほうき》を持っている。男はまわりの風景に溶け込んだように、まるで目立たなかった。

これは菊池兵衛《きくちひょうえ》といって、増上寺の掃除番である。

だが、それは仮の姿で、実は大目付直属の黒鍬者《くろくわもの》であった。

菊池はここで、天下の噂を集めている。

その情報収集能力は驚くべきもので、勘兵衛も、これまで大いにその力を借りている。

その菊池の首がわずかに動き、ちらと勘兵衛のほうを見たようである。そして、小さく笑った。

（さすがだな……）

勘兵衛は舌を巻いた。

この日の勘兵衛は、着流し姿であるだけでなく、菅《すげ》の笠をかぶって面体を隠していた。

それでも菊池には、それが勘兵衛だとわかったらしい。

勘兵衛は菊池に近寄り、笠を取ったのちに、

「無沙汰をしております」

頭を下げた。

「なに、会わぬが無事のあかし、なれば……」

なるほど菊池に会うときは、御家に大事が出来《しゅったい》したときなのであった。

「で、なにかご用かの?」

「いえ、ただの通りすがりでございます」

「さようか。酷暑の砌《みぎり》じゃ。気をつけて行かれよ」

「ありがとうございます」

「ま、伊皿子《いさらご》あたりは、少しは海風もあろうがの」

勘兵衛は、もう一度、舌を巻く。

しっかり、行き先を言い当てられた。

伊皿子の地名は、明国に内乱があって、我が国に亡命してきた伊皿子《インベイス》が住んでいたところからきている。過日、[冬瓜の次郎吉]が直明を尾行した一帯の総称だった。

その明国も、三十年ばかり前に崩壊し、今は清朝がこれに替わっている。

菊池と別れて増上寺を出た勘兵衛は、三田ノ橋(のちに赤羽橋)を渡りながら考える。

勘兵衛が、老中の稲葉正則から若君のご乱行のことを耳に入れられたのは、ひと月半ほど前のことであった。

(さては、その情報は……)

増上寺掃除番の菊池兵衛が、もたらしたものではなかったか――。

自分が向かう先を、ずばり言い当てたことからして、まず、そうだろうと勘兵衛は思った。

（そういえば、あとひと月足らずで八朔《はっさく》であったな）

八朔――八月一日は、世話になっているところに贈り物をする風習があった。

昨年の八朔には、勘兵衛は菊池の屋敷がある黒鍬町まで、菓子折に二両の金を忍ばせて届けたことを思い出した。

（あの日も、たいそう暑い日であった……）

昨年の八朔の日のことを、勘兵衛は次に頭に浮かべた。

暑さにあえぎ、ところどころで休息をとりながら勘兵衛は、黒鍬町への道を辿ったのである。

嵯峨野典膳との果たし合いで受けた傷が、完治していないためであった。

（そういえば、きょうは……）

七月四日、あの決闘があった日ではないか。

その日は同時に、百笑火風斎の命日でもあった。

（しまったな……）

火風斎の墓は、勘兵衛の町宿から近い寿松院にある。先に死んだ火風斎の娘と一緒であった。

かろうじて勘兵衛が嵯峨野典膳を斃し得たのは、その火風斎から伝えられた〈残月の剣〉という秘剣である。

（夕刻までには戻って……）

火風斎の墓に詣でようぞ、と勘兵衛は思った。

三田ノ橋を渡り終えると左手は、まだ空き地の目立つところで、ぽつぽつと町家が建っている。

これは先年、金杉橋あたりに新たな御門と多聞《たもん》を建設する計画が興こり、その用地として召し上げられた、芝金杉と浜松町の家持ちに、代替え地として下されたものである。多聞というのは石垣上に作られる兵器庫のことだが、結局その計画は流れてしまった。

ぽつぽつと建つ町家なのに、なんだか、にぎやかなことになっている。

各家家の前では、衣類やらなにやらが吊り下げられてひらひらしているし、一軒の足袋屋などは、玄関口に幕を張り、そこに商売物をぶら下げていた。

（そうか、虫払いか）

七月二日から十三日の間、江戸では晴天の日を選び、家の煤《すす》を払い、衣類や器物、書物などの虫払いをおこなう風習があった。

そういえば町宿を出る折、飯炊きの長助が叩《はた》きを手に、なにやらぱたぱたしておったな、と勘兵衛は気づいた。

さて、右手にあるのは、筑後久留米藩二十万石の上屋敷である。

その大名屋敷と煤払いちゅうの町家の間を抜ける道を、勘兵衛は進む。

だいたいにこのあたり、家康が江戸の建設にかかったころは、山里、というより原野のようなところであった。

それで今も、そんな原野の気配が、むんむんと残る一帯である。

道は、これより先、両側に四国大名たちの上屋敷が続くので、四国町通りと呼ばれている。

だが勘兵衛の足は、そのまま四国町通りを進まなかった。

筑後久留米藩、有馬中務大輔《ありまなかつかさたいふ》の屋敷の水堀に沿って右折したのである。

伊予松山藩の上屋敷との間に通ずる細道は、ゆるやかな傾斜の登り坂であった。

名を、綱ヶ手引坂《つながてびきざか》という。もちろん謂われはある。

左の伊予松山藩・松平淡路守屋敷の海鼠《なまこ》壁が途切れるところで三叉路になっていて、

そこを勘兵衛は左折した。

これまた上りの坂道であるが、先ほどよりは三倍がほどは広い。綱坂と呼ばれていた。

それらの名は、羅生門において鬼の腕を切り落とした平安のころの武将、渡辺綱《わたなべのつな》が、このあたりで出生した、という伝説に由来する。

それはともかく、この坂道――。

右も左も大名屋敷に挟まれているが、巨木、大木が大名屋敷の塀越しに枝差し交わして、まことに美しい坂道であった。

それぞれの庭園には、昔ながらの森が残されていて、綱駒繋松《つなのこまつなぎのまつ》だとか、泰山府君桜《たいざんふくんのさくら》などと名づけられた、古木、名木も多数に散在する。

さしもの、強烈な陽光も届かない。

勘兵衛は、一種、すがすがしい気分さえ覚えながら、坂道を上った。

と――。

なにやら目前を、ちらとかすめたものがある。

(おう、斑猫《はんみよう》だ)

勘兵衛の足下近くから低く飛んで、二間ばかり先の地面に、ふわりと降り立った。

勘兵衛が近づくと、また同じことをして待ち受ける。

（そうか。案内《あない》をしてくれるのか……）

つい先日のこともあり、勘兵衛は、なにか不可思議なものを感じながら思った。

いま斑猫と、勘兵衛だけが進む坂は、伊予松山藩の大名屋敷を過ぎて、肥前島原藩の屋敷塀にかかろうとしている。

この先に島原藩の町並屋敷が、あるそうな。

勘兵衛が向かおうとする先は、そこであった。

だが、そこに着くまでに斑猫は、赤や緑、紫や紺色で彩られた金属のように光沢のある翅《はね》を、きらり木漏れ日に美しく輝かせて、島原藩・松平主殿頭《とのものかみ》の屋敷塀の中に消えた。

（ここか……）

勘兵衛は次の三叉路を左にとってから、そっと菅笠を上げた。

十日前、［冬瓜の次郎吉］が知らせてきたのと、寸分たがわぬ屋敷が目前にあった。

奸臣斬るべし

1

次郎吉が、勘兵衛の町宿に内報を入れにきたのが先月二十五日のことだった。

その前日に——若殿・直明が新吉原に入ったという。

よくぞ、これほどに……と思うほど、次郎吉の調べは行き届いていた。

直明は、まずは駕籠で下屋敷を出て、三田寺町聖坂の光雲寺で駕籠と大方《おおかた》の供を帰す。

そののち変装のため、島原藩お抱え能役者の町並屋敷に入るそうだ。

次郎吉の調べによれば、能役者の高槻玄齊は、その町並屋敷を日本橋南二丁目にある米問屋［千種屋《ちぐさや》］に貸したという。

──なに、［千種屋］か。

［千種屋］は、越前大野藩の米を一手に引き受けている米問屋であった。

（そんなことで、ごまかせると思ったか……）

まるで筒抜けではないか、と勘兵衛は胸の内でせせら笑った。

だが、直明とともに町並屋敷へ入った二人の供の風体を確かめるうち──。

（うむ、一人は丹生新吾《にうしんご》だな）

風伝流の槍の名手である新吾のことは、勘兵衛の胸に、ある思い出とともに生きている。

（あれは放生会《ほうぜえ》の夜だったな……）

九年も昔のことだが勘兵衛は、山路亥之助と、その取り巻きたちに呼び出され、故郷の清滝社で喧嘩を売られたことがある。

そのとき勘兵衛は十一歳で、相手は四つも五つも年上のが五人がかりであった。

多勢に無勢で、こづきまわされているところに伊波利三が率いる援軍があった。

丹生新吾は、そのときの一員で、三尺棒を手に、目を瞠《みは》るような働きをした。

その快男児が、今は伊波に代わって直明付の小姓組頭となり、追従《ついしょう》するばかりの男になり果てている……。

寂寥感が、勘兵衛の胸を塞《ふさ》ぐ。

そして――。

もう一人は三十代半ば、色白で、馬面だったと聞いて勘兵衛の顔色が変わった。

(小泉長蔵!)

その名しか、思い浮かばぬ。

(おのれ、長蔵!)

勘兵衛は、怒りに震えた。

直明の付家老として赴任した小泉長蔵が、あろうことか、若殿ご乱行のお先棒を担いでおる。

怒りは、沸沸と胸にたぎった。

それはそれとして、直明に、長蔵と新吾と思われる三人は、借りた屋敷で変装をこらし、それから芝肴棚町の船宿で仕立てた舟で、吉原に向かったそうだ。

その船宿の名や、直明の一行が、いつごろからそこの客になって、さらには、どのような方法で連絡があるのか、などなど、次郎吉の調べは細《さい》にわたっている。

だが、そのあたりは飛ばして先に進もう。

吉原の大門をくぐった一行が入った揚屋も、その後に向かった楼の名もわかっているが、これも飛ばす。

ただ、直明の敵娼《あいかた》の名まではまだつかめぬので、あとしばらく調べを進めたい、と次郎吉は言った。忘八者の線をたぐるのだろう。

　その日、直明たちは吉原には泊まらず、七ツ（午後四時）前には帰途についている。

戻りは、山谷堀から二丁櫓の猪牙舟に乗ったところまでは見届けたが、さすがの次郎吉も、そこから先までは尾行が追いつかなかった。

――そこで、足の速い若いのを、下屋敷のほうへ走らせたところ、五ツ（午後八時）までには、ちゃんとお駕籠でお戻りだったようで……。

どこかに、駕籠で迎えに行った模様である。

――なに、猪牙舟は、一人一艘あての三艘を雇いやしたからね。そいつをあたっていきゃあ、すぐに帰路の様子も知れまさあ。ただ、もうちぃっと、お時間をくださいまし。

次郎吉は、自信ありげであった。

まあ、それはそれとして――。

勘兵衛にひっかかったのが、米問屋の［千種屋］が借りたことになっている町並屋敷のことだった。

――先ほど、そこに浪人ふうの者が住みついていると言わなかったか。

――へい。なんでも今月のはじめごろから、ってぇことでござんすよ。

――今月のはじめか……。

そのとき勘兵衛は真っ先に、亥之助のことを思い浮かべていた。

（亥之助が、塩川重兵衛どのを斬って、九頭竜川に流されたのが……）

いやいや、それでは平仄《ひょうそく》が合わぬ、と勘兵衛は首を振った。

それは六月三日のことで、そのころ町並屋敷の浪人は、すでに芝の田町付近に姿を現わしている。

（すると……）

次には、春田久蔵を思い浮かべた。

春田は、小泉家の若党だった男だから、小泉長蔵と結びつく。

（しかも……）

春田が大和郡山を旅立ったのが、たしか――。

記憶をまさぐると、

（そう、先月十七日のことであったな）

思い出し、次には、あっ、と思った。

どんぴしゃり、春田がまっすぐ江戸を目指したとすれば、今月のはじめごろ、この江戸に着くではないか。

――その浪人者の、風体はわからぬか。

――へい。調べておきやしたぜ。といっても見たわけではないんで、詳しいところまではわかりやせん。ただ、なまっ白い顔の野郎だってことくらいで……。

――ふむ……。

実は勘兵衛に、春田久蔵の記憶はあまりなかった。

だが、弟によれば、春田は大和郡山の茶屋で、うらなりと呼ばれていたという。その点が一致する。

もし春田久蔵ならば……。

これを引っ捕らえて白状させれば、山路亥之助の消息も知れるのではないか、と勘兵衛は思った。

（さらに……）

大和郡山藩の、松田や弟にも役立つ情報を持っているかもしれない。

（しかし……）

もしそれが春田だとすれば、それには確実に小泉長蔵が絡んでいる。

ということは、春田が突然に姿を消せば、小泉が怪しむ。

（これは、悩ましい）

迷うところである。

次郎吉が言った。

――これも聞いた話でやすが、その浪人ふうの男、毎日のように、田町の煮売り屋へ飯と菜《さい》を買いに行くようですぜ。

――おう、そうか。じゃあな……。

人の行動のうちでも、飯を食うというのは、およそ習慣で時刻がまちまちということはない。

ならば、煮売り屋に行く時刻というものも、だいたい決まっているのではないか、と勘兵衛は考えた。

そこで次郎吉に、そのあたりも調べておいてくれ、と頼んでおいた。

2

大方の調べをつけて、次郎吉が報告にきたのが昨日のことだ。

いろいろわかったことはあるが、まずは勘兵衛が春田ではなかろうか、と想像している浪人者のことだ。

髪型は五分月代《ごぶさかやき》、というから、なるほど浪人者と見られるであろう。

で、その五分月代の、わずかに十日足らずの行動ではあるが――。

朝の、六ツ半（午前七時）ごろ出かけ、高輪の大木戸近くまで向かうのを日課にしている。

そして［ひょうたんや］という一膳飯屋で朝飯を食うそうだ。それから戻る。

次に出かけるのが九ツ半（午後一時）ごろ、今度は芝の田町二丁目にある、［ときわ屋］という煮売り屋で買い物をする。

どうやら、昼と夜との二食分を求めてから帰るらしい。

そこでは酒の小売りもやっていて、ときには臍徳利《へそとつくり》など持参して、酒を買うこともあるそうな。

それ以外に、出かけることはなかった、という。くる者もいない。

なんだか、食うためにだけ行動しているみたいである。

となると、次にやることは、はたしてそれがほんとうに、春田久蔵なのかどうかを確かめることだ。

そのため勘兵衛は、綱坂を上ってきた。

時刻は、まもなく正午に近い。

(あと半刻もすれば……)

今、この屋敷内にいるはずの浪人者が出てくる。

勘兵衛は、長く立ち止まることもせず、ゆっくりと歩いた。

進みながら、注意深く周囲を観察した。のちのちの準備のためである。

(ふむ……)

人通りも少なく閑静なところだが、ずっと先のほうに見えている、三田町の自身番が気になった。

(この道での襲撃は無理か……)

夜間ならまだしも、浪人者が出歩くのは白昼であった。必ずや、騒ぎに気づかれるだろう。

そんなことを考えながら、歩を進めた。

自身番を過ぎると、先ほどの四国町通りに出る。

目前の大名屋敷は、讃岐高松藩の上屋敷だ。

(ここも、いかん……)

すぐ左手には、辻番所があった。

南に下ると、海べりの道に繋がって、そこには高札が立っている。ここを札《ふだ》の辻《つじ》といった。

ここまでくると、今までの静けさが嘘のように人通りが多い。左右に伸びる海岸沿いの道は東海道の一環でもあった。

ぷん、と潮の香がする。

海のない、山峡の城下町に育った勘兵衛だが、江戸にきて、もう二年、海にも潮の匂いにも馴れた。

（さて……）

芝の田町二丁目は、もう目と鼻の先だ。昔は田園が広がっていたので、その名がついたのだろう。

海べりに広がる田園……今ごろであれば、そろそろ穂をつけはじめた緑の稲が、海と競うように波打っていたであろう……と勘兵衛は、まだ見たこともない景色を頭に描くのであった。

（ふむ、あれか）

［ときわ屋］という煮売り屋は、すぐに目についた。

なんの変哲もない店だが、案外に規模は大きく、ちょうど昼時ということもあって客が群れていた。人足たちが多い。

向かいの肴棚町の裏手は長い砂浜だから、浜人足やら漁師たちが押しかけるのだろう。

それを見て、勘兵衛はわずかに眉をひそめた。

（いかに浪人者とはいえ……）

このようなところで、飯や菜、さらには酒をも求める男への憐憫《れんびん》だった。

煮売り屋を確かめたのち、勘兵衛はきびすを返した。

つい先ほど通りすぎたところの浜側に、海に向かって一本の参道が伸びている。鹿島神社への道であった。

参道の右手は武家地で、松平大隅守久光《おおすみのかみひさみつ》の家来たちの町並屋敷が建ち並んでいた。

この松平大隅守久光とは、薩摩藩の島津《しまづ》久光のことである。

それはともかく、勘兵衛が鳥居をくぐって神社境内に入っていくと、左に本殿、右奥には小さな鳥居が二つ並んでいる。ひとつは天神で、もうひとつは摂津住吉より勧《かん》請《じょう》した稲荷であった。

（はて……）

勘兵衛が視線を巡らせると、灯籠の先、一対の狛犬の陰に、ちらりと人影が見えた。

（…………）

ゆっくりと勘兵衛は近寄る。だんだんに姿が見えてきた。

縹色《はなだ》の縮緬小袖の着流しに、菅笠をかぶったまま、男は狛犬にもたれ、海を見ながら中食をとっているようだ。

「あ、兄上……」

足音に気づいて振り向いたのは、藤次郎であった。右手には握り飯が握られている。

「これは、早うございましたな。まだ、半刻はございましょうに」

「いや、まあ、ゆるゆるとは、きたのだが……」

前にも述べたが、勘兵衛には、春田久蔵の記憶があまりない。

そこで例の浪人者が、はたして春田であるかどうか、藤次郎に首検分をさせようというのである。

それを知らせたときの藤次郎の張り切りようときたら、なかなかのもので……、

――けしからぬ男です。もしそうなら斬り捨てましょう。

などと気色《けしき》ばんだ。

――短気なやつだ。斬ってどうする。それより口を割らせて、いろいろと情報を引

き出すほうが大切ではないか。

――あ、それはそうですな。

ま、それくらい張り切っていた。

「まだ時間はございましょう。兄上もいかがですか」

藤次郎は、左手の竹皮包みを差し出してきた。

「なに。弁当なら俺も持参しておる。ならば一緒に食おうか」

腰に結びつけてきた弁当に手をやったとき、折良く正午を知らせる鐘の音が響いてきた。

やがて先に食事を終えた藤次郎は、

「まだ早かろうとは思いますが……」

煮売り屋を張りに行くという。

「そうか。いいな、気取られるでないぞ。きょうのところは顔を確かめるだけだからな、手を出すでないぞ」

「わかっております」

「うむ。隠れて見張るには、自身番所の陰あたりがいいだろう」

勘兵衛は、自分でもときどき使う手を助言しておいた。

「はい」

答えて藤次郎は、駆け足になって境内から消えた。

そのうちに勘兵衛も食事を終えて、境内の手水《ちょうず》で口をすすいだ。

この境内は、東側の砂浜よりも一間（一・八メートル）ばかり高く、石垣で築かれて海に飛び出している。それで境内の東の柵まで行くと、長い砂浜と汀《みぎわ》を見下ろすことができる。

（おう、あれだな）

すぐ左のほうに、描かれた舟の中に〈かし〉と書かれた、貸し舟の絵入り看板が、斜めに突き出された棒の先で揺れていた。

それが、三田町の町並屋敷で変装した若君たちを、吉原へ誘《いざな》う船宿の看板らしい。名を［舟源《ふなげん》］というそうだ。

次郎吉の調べによると、［舟源］への連絡は、いつも前日か二日前に、中間ふうの男が使いできて、いついつの日、いついつの刻限と前金を払って予約を入れていくという。

乗せるのは、いつも三人、山谷堀まで運ぶそうだ。

おそらく次郎吉は、火盗改め役与力付き人の立場を最大限に利用したのであろう。

次に予約が入ったときには、前もって麴町の火付盗賊改方役宅まで届け出るようにと手配したという。

さて吉原では——。

若君は、揚屋町の［花駒屋］という揚屋に上がったそうだ。

延宝のこのころ、浅草田圃に新吉原が移されてより、まだ二十年とはたっていない。だから制度も元吉原のやり方を踏襲して、揚屋制度、というものが生きている。

つまりは、まず揚屋に上がらなければ、ましな遊女とは遊べない。

だが、七面倒なこの制度も先には崩壊していくことになる。

で、このころの——。

遊女は高級なのから順に、太夫、格子、散茶、梅茶、切見世の五段階で、花魁《おいらん》なんて階級はない。

散茶や梅茶というのは、できてまだ十年にもならない呼び名であって、市中で春をひさいでいた風呂屋の主人と湯女《ゆな》たちを、新吉原に集めたときに生まれたものだ。このとき新吉原には堺町と伏見町の二町が増えて、それまでの五町が、七町となったのである。

太夫と格子を合わせて、花魁などと呼び出したのは、これより四十年ほどのちの享保期に入ってからのことだ。

まあ、そんなことはともかく、若君が上がった遊女屋は堺町の［引船屋］で、敵娼は〈藤なみ〉という格子であったそうな。

ついでのことに、同行したと思われる二人についたのは、〈藤なみ〉付きの振袖新造だったそうだ。振袖新造は、簡単にいえば太夫や格子の妹分のようなものである。

次郎吉によれば、若君は小川町の旗本で梶川《かじかわ》某《なにがし》を名乗っているそうだが、まあそんなことはどうでもよい。

若君と〈藤なみ〉の初会は、昨年十一月のことで、すでに馴染みになってより半年が過ぎるという。

これを聞いて――。

（おのれ、小泉長蔵！）

またまた勘兵衛を怒りが襲った。

若君の付家老として、小泉が赴任してきたのが昨年九月の終わりだった。

すると、若君の吉原通いは、小泉の指嗾《しそう》としか思えない。

今のうちに若殿の関心を引いておき、若殿が晴れて襲封のときには、そのまま家老に上がろうという魂胆が明らかであった。

そのときの勘兵衛の怒りようは――。

(奸臣《かんしん》、斬るべし)

本気で、そう考えたのだから、勘兵衛とて藤次郎の短気を笑えない。

いかに奸臣であろうとも、若君の付家老を斬ったとあっては、勘兵衛も無事にはすまない。

だが、それでもかまわぬ、と思うくらい、全身の血が怒りにたぎっていた。

小泉長蔵は、越前大野藩にとって御家を危うくする毒の木であった。まだ幼木であるうちに、切り倒しておかねば先ざきが危うい。

勘兵衛の激しい憤りを、かろうじて止《とど》めたのは、江戸留守居役の松田の存在であった。

勘兵衛が長蔵を斬れば、上司である松田にも累が及ぶおそれがある。

憤りを抑えきれぬ勘兵衛に、

――短気は損気ともいうぞ。打つ手なら、ほかにもいくらでもある。

たとえば若君が吉原に泊まるとき、長蔵が一緒ならば、その一事だけで長蔵に腹を切らせることもできる。

松田はそう言うと、いつもの癖で、顎の無精髭を爪先で一本ずつ抜きはじめた。

3

いよいよ九ツ半（午後一時）も近づいてきて、勘兵衛は菅笠の紐を結び直した。それから鹿島神社を出る。

東に向かって、ゆっくり歩く。

すぐのところに、肴棚町の自身番、その斜め向かいには田町三丁目の自身番があるが、そこに藤次郎の姿はなかった。

さらに進むと、田町二丁目の自身番があって、その陰に藤次郎はいた。そこから［ときわ屋］の店先と、西に続く道を見張っている。

勘兵衛に向かい、藤次郎は首を横に振った。

勘兵衛は小さくうなずき、さりげない様子でまわれ右をすると、次は西に向かって歩く。

そういうことを繰り返すうち――。

（む……）

西のほうから五分月代が、やってくる。

服装は、意外にこざっぱりしていた。

手には、贋徳利をぶら下げている。

(こやつか……)

背はひょろりと高く、顔色は色白というより、青白く見える。

(なるほど、うらなりだな……)

あるいは、病んでいるのかもしれぬ。

じっと、近づいてくる男を観察した。

そういえば、どこか見覚えがあるような、と思いながら、何食わぬ様子で、すれちがった。

十歩ばかり進んでから、再び転身する。

後ろ姿を見ながら思う。

(それにしても、こやつ……)

もしこれが春田であれば、図太いやつ、といわねばならぬ。

越前大野から逃亡した身でありながら、その下屋敷から近い大道を、素顔をさらして歩いているのであった。

もちろん春田であったなら、あの屋敷に住んでいる以上、小泉長蔵が関与していることは、疑いを俟《ま》たない。

だが、それは、春田が元は小泉家若党であるという関係からであって、小泉以外の家中にとっては、故郷で罪を犯し藩から逃亡中の男以外の何者でもない。

そんなこんなを考えれば、この春田、いや小泉長蔵も含めてだが……。

図太いというより、厚かましいというのか、それとも──高をくくっているのか、愚鈍なのか。

そんなことを思っているうちに、男は［ときわ屋］へ入っていった。

（さて……？）

やはり何食わぬ様子で、店先を過ぎた。

藤次郎は自身番の陰から出ており、右手で笠をぐいと上げるようにして勘兵衛を見た。

（やはり、春田であったか）

かすかに顎を引いた弟の顔色から、勘兵衛は、そうと悟った。

三日後の、昼下がりである。

この日は七夕《たなばた》だったが、あいにく朝から雨もよいであった。

それがとうとう、昼になって降りはじめた。

霖雨《りんう》を思わせるような、細い雨だった。

勘兵衛は再び、綱坂の頂《うえ》にいた。藤次郎や日高老人も一緒だ。

勘兵衛も藤次郎も傘の用意はなかったが、用心深い日高だけは、しっかり傘をさしている。

それでも勘兵衛も藤次郎も菅笠をかぶっているし、なにより巨木大木が枝さし交わす綱坂だから、ほとんど濡れはしない。

一昨日、斑猫が飛んでいた美しい坂は、雨と樹木とが囁きを交わす下を、まっすぐに北に向けて下っていく。

「いや、ここは、涼しゅうございますな」

言う藤次郎の声は落ち着いている。

「うむ。よい雨じゃ」

勘兵衛は答えた。

「それにしても、兄上には、奇妙な知り合いがございますな」

「奇妙なものか。あんなに役に立つ者はおらぬ。知り合いというより、俺には友とさえ思える」

「いえ、そういう意味ではございません。どのようにして知り合われるのかと、正直、感心しておるのです」

藤次郎が言っているのは、［冬瓜の次郎吉］と、その子分たちのことであった。

きょうの細かな打ち合わせに、きのう藤次郎と日高老人に引き合わせたのである。

「それよりも、相手を見くびって、油断をするではないぞ。なにしろ、持穴村では捕り手と斬り結んで逃げおおせた男だ。どのような剣を遣うともわからぬ」

自戒もこめて、勘兵衛は言う。

これから絡めとろうとする春田は、面谷銅山で徒目付の一隊と闘い、亥之助たちとともに逃げた男だった。

「心得ております」

「うむ。いよいよとなるまで手は出すな。生かして捕らえたいでな」

「承知しております」

そうこうするうちに、次郎吉がやってきた。

「へい。今し方、出やしたぜ」

春田が町並屋敷を出た、と知らせにきた。

「そうか。で、手はずのほうは……」

「へい。万端、整っておりやす」

「では、まいるか」

角を曲がれば、もう例の町並屋敷である。

両開きの檜皮葺《ひわだぶき》門は閉じられているが、錠前があるわけではない。寮番もいそうにないから、春田が出れば無施錠なのであった。

そのことは、すでに次郎吉が確かめている。

勘兵衛、藤次郎、日高、次郎吉の順で四人は、苦もなく屋敷内に入り込んだ。それからまた元どおりに門を閉じる。

勘兵衛はすばやく、庭の様子を窺った。

能役者の町並屋敷だけあって、庭木が雅《みやび》やかに配されている。だが、手入れがされていないために、荒れた感は否めない。

門を入って右側の隅には笹が生い茂っていたし、左には椿の植え込みがあったが、これも枝葉を繁らせていた。

（ここが良い）

勘兵衛は、そう決めると、

「おい、藤次郎、すまぬが門のところに立ってみてくれ」

それから、椿の裏側に身を入れた。

「どうじゃ、気づかれようか」

「いや。そこならば大丈夫でございましょう」

「うん」

そんなふうにしながら、四人それぞれが、身を隠す場所を決めていった。

どうやら春田は、ここで寮番のような仕事を与えられているらしい。

勘兵衛が、そうと気づいたのは、次郎吉からの報告を聞いたあとのことだ。

しかも、ここへは誰も訪ねてこない、という。

つまりは、若君が吉原へ向かう際に、ここで変装する以外には、連絡さえない、ということだ。

ならば――。

と、勘兵衛の考えは続いた。

たとえ春田が消えたとしても、小泉長蔵はそれにも気づかず、用心をすることもない。

もし吉原行きの際に、春田の留守に気づいても、それほど気にもとめぬのではないか。

なにより前回の吉原行きは、先月の二十四日であった。仮に月に一度ほどの吉原通いとすれば、まだまだ日にちは稼げるはずである。

そんなこんなの思案の末に、きょうの拉致を決意したのであった。

引っさらったあとは、大和郡山藩が抱え地として持つ、葛飾郡中之郷出村まで運ぶつもりだ。

大野藩の藩邸では、どこから小泉長蔵の耳に届かぬとも知れず、さりとて大和郡山藩の藩邸では、密偵の耳が気がかりだ。

その点、日本橋より一里、竪川《たてかわ》を遡った亀井戸村（のちに亀戸村）近くの抱え地は、格好の場所といえた。

「日高さま、その傘をお借りしてよろしいでしょうか」

ふと、思いついて勘兵衛は言った。

「うむ、それはかまわぬがの」

手渡された傘を確かめる。頑丈な番傘であった。それを手ぬぐいでよく拭って水気を取り、頭《かっぱ》より五寸ほど下の部分を逆手に握りしめると、何度か突き出す練習をした。

そして待つこと四半刻（三十分）あまり――。

表を、ぱたぱたと走り抜ける音がしたと思ったら、コンコンと檜皮葺門を叩いて過ぎた者がいる。
春田を見張っていた、次郎吉の配下である。
まもなく、春田が戻るとの合図であった。
（いよいよだな……）
勘兵衛は息を凝らした。
扉が開く。春田が入ってきた。
勘兵衛は、椿の枝葉の間から、その動きを見た。
邸内に入った春田が、後ろ向きに少しかがんだ。
扉の内栓を、かけているのだ。
その機を逃さず、勘兵衛は椿から出た。
「お……！」
人の気配に、春田が振り向く。
「む……！」
春田の身体が、完全に正面を向くまで待った勘兵衛に、春田が短く叫ぶ。
次の刹那――。
ものも言わずに勘兵衛は、番傘を突き出した。

太い竹の柄が、あやまたず春田の鳩尾《みぞおち》に埋まった。

「ぐおっ」

手にした包みを取り落とし、春田は前屈みに呻《うめ》きを漏らす。

「やっ！」

その首筋に、番傘を捨てた勘兵衛の手刀が炸裂した。

春田は、そのまま
くずおれた。

同時に、他の三人が飛び出してくる。

「いや、お見事！」

言いながら日高は、手早く取り出した細引きで、春田を縛りにかかる。藤次郎は、手ぬぐいで猿ぐつわを嚙ませる。

次郎吉は、扉の外に飛び出していった。

待つほどもなく、表に轍《わだち》の音が聞こえ、次郎吉と三人の子分と大八車が入ってきた。

「いいな。去年の要領だぜ」

次郎吉が言う。

それに、勘兵衛は苦笑した。

昨年の八月に、同じようなことがあったからだ。

そのとき捕らえたのは、越後高田藩の密偵であった。

以前と同じく次郎吉の子分たちは、縛られたまま、まだ気を失っている春田を大八車に横たえ、菰《こも》やら籠やらですっかり姿を隠して、荒縄でぐるぐる巻きにしている。

仲秋（八月）と孟秋（七月）、深夜と白昼といううちがいこそあれ、同じ季節に、同じようなことをやっていることに、なにか因縁のようなものも感じる。

因縁といえば、昨年は赤坂の田町の〈麦飯屋〉近く、今度は芝の田町の近くと、町の名までが一緒なのだ。

「では、頼むぞ」

準備が整ったのを見て、勘兵衛は言った。

「はい。またご連絡をいたします」

藤次郎が答える。

次郎吉たちが引く大八車とともに、日高と藤次郎が町並屋敷を出た。

大八車は、これから鹿島神社横の砂浜まで行く。

そこでは、大和郡山藩の持ち舟が、都筑家老の手の者と一緒に待っていて、舟に乗せ替え、抱え地まで春田を運ぶ手はずだ。

抱え地は竪川四ツ目之橋と五ツ目之橋の間にあるそうだ。

再びがらんとした庭で、勘兵衛は注意深く争いの跡を消し、点検を終えると静かに門を出て扉を閉じた。

少しのちには、なにごともなかったかのような足取りで綱坂を下っていった。

4

それから、二日後のことである。

勘兵衛は昼食後、庭に出て剣の稽古をした。

このところ、なにかと忙しく松田町の［高山道場］に行っていない。

もし一昨日に捕らえた春田の口から、山路亥之助の消息が知れたときは——。

それを考えると、自ずと稽古にも力が入る。

（亥之助め、どのような剣を遣うのか）

親友、塩川七之丞の兄は、故郷でも知られた剣士であった。

それを斃したほどの腕前になっている。

勘兵衛は、亡き百笑火風斎より伝えられた、〈磯之波〉を、そして〈残月の剣〉を試してみた。

とりわけ〈残月の剣〉は、道場や実戦では禁忌とされている、右片手斬りの意外さで、敵を欺く必殺の剣技であった。間合いの外、で斬るのである。

――斬るは、刃先五分（一・五センチメートル）のみ、すなわち鋩子《ぼうし》にて人を倒すが真骨頂――。

と火風斎は言った。

その秘剣の技は、この庭にて伝えられたのである。

庭に、一本の李《すもも》の木がある。

果実が、赤く実っていた。

勘兵衛は大きく深呼吸をしたあと、樹木に向かった。視線を一点に集中して心気の充実を待ち――。

「やっ！」

気合いとともに、真剣を繰り出した。

このころ、ごく平均的な刀身は二尺三寸（約七〇センチメートル）前後であるが、長身の勘兵衛は二尺四寸五分を使っている。

だが火風斎によれば、手になずめば刀身は長ければ長いほど有利だそうで、なんと火風斎は三尺一寸（九四センチメートル）もの長刀を使っていた。

それはともかく、勘兵衛は一閃させた剣を斜め下に向けて、ぶん、と血振りをくれたあと、静かに鞘に収めた。

確信はあったが、一応は目で確かめた。

高さ五尺ほどのところの、李の実だ。

果肉の三分の一ほどが、すぱっと断ち割られている。葉の一枚落とさず、実も落とさずに、であった。

(うむ)

勘兵衛は小さな満足を得た。

この剣技が、嵯峨野典膳との闘いで頸動脈を断ち切り、絶体絶命の危機を救ったのである。

「旦那さま」

若党の八次郎が声をかけてきた。

「おう、出かけるのか」

きょうは、八次郎が俳諧の塾に行く日であった。

「いえ、弟君が、お見えです」

「おう、そうか」

勘兵衛は、やや昂揚した気分のまま、座敷に向かった。

「どうだ。口を割ったか」

まず勘兵衛は、そのことを尋ねた。

「いえ、なかなか、しぶとうて……」

藤次郎は、首を横に振ったのちに言った。

「それより、春田が血を吐きました」

「なんと！　いつのことだ」

「今朝の五ツ（午前八時）前のことです。朝食の途中、急にむせ込みはじめたと思ったら、次には吐きはじめ、それから大量に……」

そのときの様子を思い出したか、藤次郎は眉根を寄せた。

「吐血したのか」

「はい。それで、こうしてお知らせにまいったのですが……」

「ふむ……。しかし……、責めすぎたか」

「とんでもない。折檻などはしておりませぬ。実は、春田を抱え地に連れ込みましたときより、なにやら様子がおかしかったのです。なにを糺《ただ》しても、心ここにあらずといった体《てい》で、まともな返事もいたしません。あるいは突然に捕らえられた動揺のためか、とも思っておったのですが……」

「うむ……」

「昨日《さくじつ》になると、少しばかり落ち着いた様子でしたが、夕刻になると、腹を押さえて厠《かわや》へばかりまいります。見張りによると、下血《げけつ》の様子だったと言います」

「うーむ」

そして、きょうになって吐血した……。

（まさか……）

傘の柄で、思いきり鳩尾を突いたが、それで胃の腑が破れたか、と考えて、勘兵衛は唇を噛んだ。

「で、医者は呼んだのか」

「いえ、抱え地のあたりに医者らしい医者もおらず、というて藩医を呼ぶわけにもまいらず……日高さまが、兄上に相談せよとのことでまいった次第です」

「よし、わかった」

勘兵衛は、立ち上がった。

医者なら、心当たりがある。

乗庵《じようあん》という町医者だが、名医である。

　今は亡き火風斎も診てもらったし、勘兵衛自身も、嵯峨野典膳から受けた刀傷の治療をしてもらった。

「その医者は、どちらに……、実は舟でまいっております」

「おう、そうか。どこに泊めておる？」

「はい。ええと……、浅草橋より下流の河岸地でございます」

「ああ、下平右衛門町《しもへいえもんちょう》だな」

　船宿も多く、吉原への猪牙《ちょき》が多く出るあたりであった。のちには柳橋が架けられるが、このころは影も形もない。

「さて、医者は乗庵というて、堀留二丁目に住んでおるのだが……」

「では、舟にて迎えに行きましょう」

「いや、それが、そういうわけにはいかぬ」

　苦笑しながら、勘兵衛は答えた。

　弟の藤次郎は、江戸で日が浅いので、まだ地理がよく飲み込めていない。

　もちろん、水路を張り巡らした江戸の町だから、舟で堀留町まで行けぬわけではない。

　だが、それではたいそうな遠まわりになるのであった。

勘兵衛は頭に地理を浮かべたのち、

「おい。八次郎、八次郎は、まだおるか」

「はい」

元気な返事があって、八次郎が顔を出した。

この八次郎、弟の藤次郎と同い歳の十七歳であった。

「乗庵先生の家は、覚えておろうな」

「もちろんです。高橋幽山先生のところから、すぐでございますよ」

高橋は、俳諧の宗匠である。

「そうだったな。それでは乗庵先生に、急で悪いが、急ぎの見立てをお願いしたいと頼んでな。柳河岸まで連れてきてはくれぬか。我らはそこで、舟で待っておる」

「承知いたしました。では、さっそくに」

このところ、勘兵衛に置いてきぼりばかりを食らってふくれていた八次郎は、嬉嬉とした様子で去った。

「いや、なかなかに元気ですね」

同い歳のくせに、藤次郎はえらそうに言った。

「うむ。これは本人は知らぬことだが、俺はひそかに、団栗八《どんぐりぱち》、という渾名《あだな》をつけておる」

「ドングリバチ、ですか」

「うん。あやつ、ことあるごとに、団栗のような丸い目になる」

「ああ、なるほど、そういえば、そうですね」

ふと、兄弟同士の会話になった。

二人揃って町宿を出ながら、

「それより兄上、きょうは浅草橋から北に向けてものすごい人出ですが、なにかございますのか」

「それなら、四万六千日だ」

正式には、観音千日参りといって、きょうの七月九日、十日と二日間、江戸の観音様は人でにぎわう。

ことに浅草寺の浅草観音は、昼夜を通して老若男女が引きも切らずに列をなす。

「おう、これは……」

下平右衛門町河岸まできて、勘兵衛は声をあげた。

藤次郎が単に、舟、としか言わなかったので、べか舟か、まあ、せいぜいで小荷足《こにたり》程度の舟であろうと思っていたら、意外に大きい平田船であった。三間（五・四メートル《メートル》）

の長さはあろうか、帆柱も立っている。

「こりゃ速そうだな」

勘兵衛が言うと、

「四反帆を張ると、飛ぶように走ります」

つまりは、四連の帆を張るらしい。

もちろん大きなものになると、八反帆、十二反帆も江戸ではお馴染みだが、そういうものは大量の荷を運ぶ大店が使う。

さすが大和郡山藩は九万石、いや部屋住み料分もくわえれば十二万石だから、立派な物資輸送船まで持っている。

さっそくに乗り込み、柳河岸に向かった。

といって、目と鼻の先だ。

両国橋西広小路の橋袂から南の河岸地を、こう呼ぶ。岸辺に夫婦柳《めおとやなぎ》と呼ばれる、一対の柳があるからだ。

広小路は、葦簀張りの店や、芝居や辻講釈、軽業の見せ物小屋などが立ち並ぶ繁華なところだが、それに川開きの間じゅう許された夜店が所狭しと並んでいる。

そこへ、きょうからの千日参りが重なって、もうごった返している。

（これは、しまったな）

八次郎との待ち合わせの場所を、もう少し大川の下流にすれば良かったと勘兵衛は思ったが、もう遅い。

群衆と露店でごった返している先には、〈野《や》の御蔵〉と呼ばれる巨大な蔵屋敷が建っている。昔は、これが米蔵だったそうだが、今どう使われているかはわからない。矢ノ倉ともいって、御矢がしまわれているともいう。

ちなみに、この蔵地跡あたりがのちに柳橋の花街地に変わる。

小半刻もせぬうちに、八次郎が乗庵を連れてきた。その乗庵は、薬箱を担いだ供の者を連れてきている。

「急なことで、申し訳ありません」

「いやいや。おう、この舟でまいりますのか」

白皙の乗庵も、やや驚いた顔になっている。

「はい。行き先は亀井戸村の近くですが、ゆえあって、他言は無用にお願いしたいのですが」

「もちろんです。それが医師としての心得のひとつでござれば」

「いや、これは余計なことを申して、ご無礼をいたしました。どうぞ足下に気をつけられて、お乗りください」

「はい、これは、仙吉《せんきち》というて、我が弟子でございます」

勘兵衛と同じ年ごろか、仙吉は、いかにも聡《さと》そうな顔をしていた。

「そうですか。私は落合勘兵衛と申します。以後、お見知りおきください」

互いの挨拶も終わり、乗庵に続いて仙吉が舟に移った。

それを八次郎が、なんだか情けなさそうな表情で見ている。

「まだ乗れるか」

藤次郎に尋ねると、「まだまだ」と答えた。

それで——。

言うと八次郎、いかにも嬉しそうな顔に変わった。

「一緒に来るか」

5

一ッ目之橋、二ッ目之橋とくぐり、竪川を行く舟は、やがて三ッ目之橋も越えた。

勘兵衛も、このあたりまで来るのは初めてである。

帆を張った船足は、想像以上に速い。

（なるほどな……）

なぜ四反帆なのか、が勘兵衛にはわかった。

帆柱が橋に邪魔されぬためには、これが、ぎりぎりの大きさなのだ。

抱え地、というのは武士や寺院や町人たちが、百姓から買い取った土地のことで、家作《かさく》で家計を潤すことができる。

おそらく大和郡山藩では、中之郷出村に抱え地を得たとき、この四反帆平田船を購《あがな》ったのであろう、と思った。

もっとも元禄よりのち、抱え地は囲いを解き、家作を禁じる幕令が出てしまうのだが……。

三ッ目之橋を過ぎたあたりまでは、両の岸辺には町家が立ち並んでいたが、竪川が横川と交わって過ぎたあたりから、周囲は開豁《かいかつ》と広がる田園ばかりになる。

そんななか、ところどころにある屋敷は大名家の下屋敷らしく、あと建物らしい建物は寺院や神社であった。

それにやがて、板囲い、あるいは土塀で囲まれたものが加わる。それが抱え地であるらしく、存外に数が多い。

「抱え地の隣地は、どうなっておる?」

勘兵衛が藤次郎に尋ねると、左隣りは美濃《みの》大垣藩の戸田相模、右隣りが筑後三池藩の立花和泉の抱え地になっているという。

「そうか」

美濃と筑後なら、安心だと勘兵衛は思った。

次つぎと他藩の御家の争いにまで巻き込まれている勘兵衛は、つい、そういったところまでも気を巡らせる習慣がついてしまった。

やがて四ッ目之橋も過ぎ、舟は右岸に着いた。

土塀で囲まれた抱え地は、周囲に比べても図抜けて広そうだ。およそ六千坪あるそうだ。

その八割方は稲を植え、残るは畑地であって、建物はといえば、実に粗末である。

ぽつりぽつりと見える小屋めいたのは、抱え百姓の住居らしい。

そんな場所柄だが、門のところには四名の、建物の玄関にも二人の張り番が立っていた。ここへ春田を押し込めて、そのため警戒に当たっているのであろう。

藤次郎の案内で、通された座敷で日高老人が待っていた。

「おう、こられたか、すまぬな」

日高が言う。

「で……」

「うむ。隣室に臥せらせておる。ほんとうに具合が悪そうだ」

「では、さっそく診ていただきましょう」

八次郎だけは待たせて、ぞろぞろみんなで隣室に移った。

薄べりの上で、春田は横たわっていた。顔色はほとんど蒼白であった。

みんなが見守るなか、乗庵が問診からはじめ、診察はおよそ半刻にも及んだ。

その間に乗庵は、

「簡単にいえば癪《しゃく》、つまりは胃の腑を荒らしております。今にはじまったことではありますまい。これまでにも、ときどき下血があったのではござらぬか」

尋ねられ、春田はうなずいた。

「で、薬などは飲んでおられたか」

「は、ゲンノショウコを煮出しまして……」

力のない声で、春田は答えた。

「そうですか。うむ、飲まぬよりは良い。だが、気鬱もいろいろ続いたのでござろう。それが胃の腑をさらに荒れさせ悪化したのでしょう。なに、心の憂さをとり、ゆっくり静養すれば、だんだんに良くなりましょうぞ。胃の腑をなだめる良い薬がございますので、それを処方しておきましょう」

言って乗庵は、ちらと勘兵衛を見た。

さて、別室に移って——。

「いかぬな」

乗庵は小声で言った。

「残念ながら、もはや手遅れでございますよ。おそらくは胃の腑に穴が開き、もう手の施しようはございません」

「…………」

聞いた勘兵衛には、忸怩《じくじ》としたものが残った。

乗庵に尋ねることはできぬが、やはり、一昨日の傘の柄での突きが、春田の弱っていた胃の腑を破る原因になったのではないか。

薬を調合して帰る乗庵を、舟で堀留町まで送るようにと八次郎に命じると、藤次郎も一緒にまいりますと言う。

互いに十七歳という若者同士だから、若い者同士で話をしたいのかもしれない。

勘兵衛が江戸に出てきたときは十八歳であったが、周囲は、ずっと年上ばかりで、淋しさを嚙みしめたこともある。

乗庵たちを送り出したのち、再び勘兵衛は春田が臥している部屋へ戻った。

6

春田は目を閉じて、横たわっている。

それを日高が、部屋の隅にひっそり座って見守っていた。

「春田どの……」

勘兵衛が静かに呼びかけると、春田は目を開いた。

「私は、越前大野の落合勘兵衛と申します」

「む、む……」

春田は、なにやら驚いた様子で、

「すると……、む、無茶勘……どのか」

「はは……、懐かしい呼び名ですな。さよう、その無茶勘でござるよ」

「な、なぜに無茶勘どのが……」

どうやらこの春田、一昨日に自分を気絶させた男が、目前の勘兵衛だとは気づいていないらしい。

「そうか……、大和郡山の茶屋で出会ったは、無茶勘どのの弟御でござったな」

「…………」

思えば勘兵衛は、この春田に対して遺恨などない。

面谷銅山の一件にしても、春田は、たまたま小泉家老の家の若党だったために、損な役まわりを演ずることになったのだ。

その点は、気の毒であった。

そしてまた、今度も不思議な巡り合わせで、勘兵衛が春田を捕らえる役まわりとなった。

己の欲せざる所人に施すなかれ。邦《くに》に在りても怨みなく、家に在りても怨みなけん。

勘兵衛は論語の一節を心に浮かべていた。

「春田どの……」

勘兵衛は、もう一度、静かに春田に呼びかけた。

「医者が処方した薬を、ここに置き申す。医者も言われたが、安静に養生すれば、だんだんに快方に向かうでありましょう」

「いや……それは……いかい、世話に相成って、すまぬことじゃ」

「なんの。謝らねばならぬのは、こちらのほうです。一昨日、あなたを昏絶《こんぜつ》させたのは、ほかならぬ、この私です」

「な、なんと……」

「いや。まさかあなたが胃の腑を病んでいるとは知らなかったのでな、そのために、病状を悪化させたやもしれぬ。まことに、すまぬことをした」

「…………」

「あなたを襲うたのは、ほかでもない。実は山路亥之助がことでござる。山路は故郷にて、塩川重兵衛どのを斬り殺したでな」

「むう……」

春田が目を剝いた。

「で、あなたなら、山路の消息を知っておろうか、と思うてのことだ。どうか許されよ」

重ねて勘兵衛が詫びると、春田の表情は、くしゃっとゆがんだ。そして目を閉じた。

その瞼を押し上げるように、大粒の涙があふれ出た。

「………」

やがて春田は、目を開くと言った。

「塩川重兵衛どのが、亡くなられたのか」

「そうです。先月の五日のことです」

「重兵衛どのは、我が剣の兄弟子でござった」

「ほう。すると、村野道場で学ばれたか」

「さよう。まっすぐな、良いお方であった」

再び目を固く閉じ、唇を震わせる。

その唇が、小さく動いた。

なにかつぶやいたようだが、よくは聞こえなかった。

しかし、絞り出すような声で、唇の動きからも……。

やんぬるかな。

と言ったように、勘兵衛には思われた。

はたして――。

春田は、再び目を開けた。

「なにゆえ、このようなことになったのでござろうか。この身の愚かさを思えば、まことに慚愧《ざんき》に堪えませぬ」

「…………」

「あの重兵衛どのが斬られたと聞けば、これは、もう、巻き添えとしか、言いようがござらぬ」

「巻き添え？」

「さよう、こうなれば、もう、すべてを話すしかございますまい。山路亥之助は刺客として、越前大野に戻ったのでござる」

「なに、刺客？　私怨ではなかったのですか」

「ちがいます。狙う相手は、藩の御重役がた……間宮家老や、大目付の塩川益右衛門どの、奏者番の伊波仙右衛門どの、などなど……」

「それは、まことか」

想像もしなかった告白に、勘兵衛は驚くしかない。

亥之助が刺客として狙うのは、大和郡山藩主の本多政長であって、越前大野での蛮行は、亥之助の父を討った者たちへの復讐としか考えていなかったからだ。

「これは、はじめから話さねばなりますまい」

問わず語りに、春田は話しはじめた。

面谷銅山で徒目付の一隊と闘い、かろうじて逃れた春田は、逃亡途中で山路亥之助たちと別れ、故郷の甲府へと戻った。

しかし、そこにもう実家はなく、係累たちにも冷たくあしらわれて職もなく、かろうじて人夫仕事で糊口《ここう》をしのぐ毎日であった。

そんななか、山路亥之助から便りがあった。

自分の仕事を手伝えば、将来を約束する、との文面に、春田は飛び立つ思いで甲府を出て、亥之助がいるという大和郡山へと向かったそうだ。

「で、その仕事というのが、刺客でありました」

「それが、御重役たちを狙うというものか？」

「さよう」

（どうも、わからぬな）

亥之助は、熊鷲と名を変えて、大和郡山支藩のために働いている。なぜ、その支藩が、我が藩の御重役たちを狙うのだ？

「あっ！」

思わず勘兵衛は声をあげた。

「まさか、その一件、小泉長蔵が絡んでいるのではあるまいな」

「…………」

無言が、すべてを物語っていた。

小泉長蔵を直明付きの家老にとの話が出たとき、藩の執政たちは、こぞってこれに反対をした。

それは、先ざきにも自分の行く手を阻む壁になるであろうと、長蔵は予測したようだ。

それでは、早いうちに、その壁を取り壊しておこうと考えた。

では、誰を刺客に選ぶかである。

真っ先に、長蔵が白羽の矢を立てたのが、春田久蔵である。元もとが家の若党だから、今どこにいるかはわかっている。

だが、春田一人では心許ない。

そこで次の白羽は、山路亥之助に立った。

小泉家と山路家とは、元もとが一蓮托生、山路家は取りつぶされたが、山路の実母や妹たちは、大野藩内の山里に逼塞《ひっそく》して暮らしている。

たちまちに、亥之助がいま大和郡山に隠れていることを知ったようだ。

こうして長蔵の密書が、亥之助のもとに運ばれた。

亥之助は、これを請けた。そして、知らされた甲府の春田に手紙を送った、という順序であったらしい。

こうして春田が、大和郡山郊外の〈榧の屋形〉に入ったのが、昨年の霜月（十一月）のことだったという。

「ううむ……」

このとき、日高老人がうめいた。

「ちょうど、我らが十津川郷へ出かけておった折じゃ」

まさに間隙をつくように、春田は〈榧の屋形〉に入ったようだ。

春田の話は続いた。

「本来であれば、拙者も一緒に大野へまいるはずでござった。ところが、ほとんど路銀も持たぬ大和までの長旅に、持病の癪が悪化して……」

春田の発病のため、一足先にと亥之助は一人で、江戸へ向かった。

江戸・高輪の大野藩下屋敷にいる小泉長蔵と詳しい打ち合わせをしておくので、あとから追いかけてこい。もし病が長引くようなら、単身で大野に行くので、小泉のところで待て、との指示だった。

「ほう、すると……」

　また日高が加わった。

「この五月のことじゃ。そなた、茶屋で落合藤次郎に出会うたな」

「ああ、あの日は……」

　ようやくに体力を取り戻し、そろそろ江戸にも向かえそうだと、足慣らしに外へ出かけたのだそうだ。

「ふうむ、さようか。しかし、あのあと、本多出雲守政利の手の者が、ずいぶんと騒がしかったようだが、おぬしはいったい……、どういうことになっておったんじゃ」

　首をひねりながら、日高は尋ねている。

「実は山路亥之助は、熊鷲三太夫と名も変えて、大和郡山支藩の深津とかいう江戸家老の家来になっておりまして……」

「ふむふむ。そのことは我らも知っておる」

「さようでございましたか。畏れ多くも本藩の殿様を討つが役目で、成就ののちは高禄にて仕官との条件で、拙者はその手助けをすることになっておりました。越前大野の件は、それとはまた別物……こちらもまたよき条件でございましたゆえに……」

「ははあ、二股膏薬でござるな」

「愚か、とお笑いくだされ」

「いやいや。なるほどのう。いや、それだけわかれば、今のところはよい。その件については、またのちほどということにしよう。でないと、話がややこしゅうなろうでな」

日高は勘兵衛に目をやってから、口を閉じた。

勘兵衛が代わって、再び尋ねる。

「で、小泉長蔵を訪ねたのですね」

「さよう」

春田はうなずき、

「愚痴を申すではないが、若様は元もとが酷薄なおひとであった。それが此度《こたび》は、よくわかり申した。拙者が病のため亥之助と同行できなかったと知ると、まるで邪魔者扱いじゃや。体よく、あの町並屋敷の寮番として待て、と言ったきり、なんのお手当もしてくださらぬ。たとえこのように倒れたとしても、こちらさまのように、手厚い介抱を与えてくだされたとはとても思えぬ……」

江戸への旅で、再び病状はぶり返していたそうで、胃の痛みを酒で押さえていたそうだ。それが、さらに病状を悪化させている。

（長蔵への恨みつらみが、こうもすらすらと……）
春田の口を開かせているのだな、と勘兵衛は思った。

日本堤

1

　このころ、江戸の市中は夜に入ると、とたんに賑やかなことになった。

　どこから集まってくるのか少女たちが、道幅いっぱいに手をつないで、横に何列かを作る。

　先頭の集団は、襷《たすき》がけで団扇《うちわ》太鼓を打ち鳴らし、〈ぼんぼん〉と呼ばれる歌を歌いながら行進するのだ。

　〈ぼんぼん〉の〈ぼん〉は、盆のことらしく、どうやらこれが盆踊りのはじまりであるらしい。京・大坂で流行りだしたのが、この江戸にも伝わってきたという。

　江戸での歌詞は――。

ぼんぼんぼんは、今日明日ばかり、あしたは嫁《よーめ》のしほれた草を、やぁぐらにかけて、下から見ればぼけの花、ぼけのはぁな。

という具合なのが、延延と続く。

太鼓の音もさることながら、甲高い声の少女たちばかりだから、もう、そのかまびすしいこと、やかましいこと……。

さすがに、これより二年後に、江戸では禁令が出されるのであるが、勘兵衛の町宿にも、一昨晩、昨晩と続けて聞こえてきた。

勘兵衛は、この日、愛宕下の藩邸に早朝から八次郎を使いに出し、江戸留守居役の松田の都合を尋ねておいた。

支障なしとの答えを聞いたのち、勘兵衛は下帯も肌襦袢も真新しいものに代えてのち、藩邸に向かった。

春田より、驚くべき告白を受けたのち、きのう一日をかけて、考え抜いたうえでの決意を胸にしていた。

その並なみならぬ気構えが、表情にも出ていたのであろう。

「どうした。そのように気張りおって」

勘兵衛の顔を見るなり、松田が言った。

「は、やはり小泉長蔵は斬らねばなりません。そのお許しをいただきたくまいりました」

「うむ……」

松田は、いつになく眉をひそめ、しばらく沈黙した。

そして——。

「なにやら、あったようじゃな。春田久蔵がことじゃな」

「は」

春田を捕らえ、これを大和郡山藩のお抱え地に監禁したことは、すでに報告してある。

「では、まず、それを聞かせよ」

「しからば……」

勘兵衛は、その後のことを報告していった。

「むう」

さすがに松田も、ときおりうなり声をあげながら聞いていたが、勘兵衛がすべてを語り終えたのちも、なおしばらくの沈黙があった。

それから――。

「やむを得ん」

ぽつり、と松田が、つぶやくように言った。

松田のことだから、きっと、なにやら理屈をこねようと、勘兵衛は覚悟していた。

それでも、きょうばかりは引っ込まぬぞ、と勢い込んでいたから、拍子抜けがした。

松田が、今度は、はっきりとした声音《こわね》で言った。

「佞臣《ねいしん》、奸臣、ここに極まれりじゃ。これを討たずに、すませられるものではない」

「は」

よくぞ、ご決心くだされた、と勘兵衛は思った。

だが――。

「しかし……じゃ」

「は？」

「斬るには、ひとつ条件がある」

「なんでございましょう」

「ただ、斬ったところで、なんにもならぬ」

この爺さん、またも俺を煙《けむ》に巻くつもりか、と勘兵衛は思った。

「斬るに変わりはありますまい。どう斬れとおっしゃいますのか」

「さればじゃ。よいか、ここのところをとくと考えるのじゃ。ただ斬り捨てればよいと、おまえは思っておるのだろうが、どうせ斬るなら、左門の薬にしたい」

「直明さまの、薬に、でございますか」

「さよう。条件とはそこじゃ。斬るのは左門の面前で、それも、なぜ小泉が成敗されたか、左門自身が、その理由をいちばんわかっておる、というのが一番じゃ」

松田の考えは読めた。

「すると、吉原帰りしか、ありませぬな」

「そう。それじゃ。それも流連のちのな」

なるほど、小泉長蔵が、自分に敵対しそうな藩の執政たちに刺客を放った、などということなど、直明は知らなくともよい。

ここは松田が言うごとく、ただ単純に、小泉が付家老でありながら、若様と一緒に吉原へ泊まったことが不届き、としたほうが直明には、よほど薬となるのはまちがいない。

（まいった……）

年の功より烏賊《いか》の甲、年の功より亀の甲、ま、いずれでもいいことであるが、やはり、まだまだ松田にはかなわぬな、と勘兵衛は思った。

「わかりました。必ずや、直明さまが吉原泊まりとなる日を突き止めます」

「おう、頼むぞ。そのときは、わしもまいるでな。ここぞとばかり、左門めをいたぶってやるわ」

と、いうことになった。

2

さて、そういうことになると、これは一度、いや、何度でも吉原に出向く必要があった。

遊ぼう、というのではない。

吉原の大門内が、どうなっておるか、というより、大門から山谷堀までの、いずこで小泉を斬るかの下見が必要なのである。

そこで勘兵衛は、愛宕下より町宿に戻るなり、八次郎に言った。

「これから吉原に行く。供をしろ」

「え、吉原にですか」

八次郎は、びっくりしたような、にやりとしたような、微妙な表情になって、目を団栗のように丸くした。

出かける際、飯炊きの長蔵にも、これから吉原に行く、と告げると、やはり絶句した。

「留守の間に次郎吉がきたなら、そのことを伝えてくれ。行きは猪牙にて山谷堀へ、そこから大門へ、あるいは大門内にまで入るかもしれぬが、長くはおらぬ。戻りは歩いて戻る、と伝えればわかる」

次郎吉は、今も粘り強く、高輪の下屋敷を見張っているはずであった。

直明や小泉長蔵に動きがあれば、急報してくるだろうし、次郎吉のことだから、それだけ聞けば勘兵衛たちを探し出してくれるだろう。

「よし。まずは、猪牙に乗ろう」

「はい」

なぜ吉原に行くのか、八次郎は、その理由を知らない。知ればまた団栗の目になるだろうが、まだわけまで話すつもりはなかった。

「おまえ、吉原には？」

「はい。猪牙で行くのは、はじめてです」

「なんと」

「いえ、興味本位で、昔に一度。でも遊んだわけではございません。そんな金もございませんし」

「ああ、なるほど」

「大門を入ったところで、入り口の四郎兵衛会所の若い衆に、ガキは帰れと連れ出されました」

「ほう、そうだったか」

「そこで仕方なく大門のそばにある［釣瓶《つるべ》蕎麦］というところで、蕎麦を食って帰りましたが、これがなかなかにいけまして……」

「そうか。では、そこで蕎麦を食わせてやろう」

「ほんとですか」

主人と若党というより、まるで仲のよい兄弟のような風情であった。

二人は、二挺立ての猪牙に乗った。

山谷堀までの料金は、二匁也《なり》。

桟橋を離れた猪牙は大川へ出ると、舳先を北へ向ける。

左手には浅草御蔵、駒形堂《こまんどう》と過ぎ、やがて金竜山浅草寺の伽藍が見えはじめて、花川戸も過ぎる。

目前に小高い丘があるが、これは待乳山《まっちやま》と呼ばれて、丘の上には聖天社と本竜院という寺が建っている。

その待乳山を巡るように、大川へ枝川が流れ込んでいて、猪牙は、その枝川へと入っていって、今戸橋をくぐる。

さて、ここで、少しばかり興を変えたい。

これより七十年ばかりのちの延享《えんきょう》のころ、一世の滝亭鯉丈《りゅうていりじょう》(のちに勝手に同名を名乗った滑稽本作者が現われている)という物書きが、一冊の本を著した。

笑話《しょうわ》を集めたもので、『軽口花咲顔《えがお》』という。

談余を入れれば、滝亭鯉丈とは〈鯉の滝上り〉を表わす。

この笑い話をタネに、多くの落語が作られて、現代にも伝えられているものがある。

たとえば『二階の遊興』という一編は『二階ぞめき』という演題になって、五代目の古今亭志ん生や七代目の立川談志が得意とした。

別に、ズルを決め込もうというわけではないが、この落語の談志版から、山谷堀より吉原大門までの案内を抜き取ってみたい。

待乳山聖天の麓から金竜《きんりゅう》山下瓦町《ざんしたかわらまち》、左へ折れて山谷堀、今戸橋の下を行くと左に並んでるのが山谷堀の船宿だ。

着きましたか。着いたよう。ここを上って日本堤を西へ行く。途中に砂利場《じゃりば》、土手の道哲《どうてつ》、袖摺《そですり》稲荷を左手《ゆんで》に見ながら土手八丁を行くと、ありがたいことに道はおのずから吉原へ通じる仕組みになっている。

孔雀長屋の先を左へ行くと衣紋坂《えもんざか》、見返り柳、高札場、五十間、やがて現われ出でたる懐かしや、吉原の大門なり。

といった具合。

ついでに、解説までも盗んでしまおう。

この土手八丁というのが、見返り柳のところへ下りる衣紋坂から聖天町までの堤が八丁あったところから起こった名だ。

〈通いなれたる土手八丁、口八丁に乗せられて、沖の鷗の二丁立ち、三丁立ち〉

この土手の道哲という、本当は西方寺というお寺だが、俗に道哲と呼んでいる。

道哲という坊さんがこの寺を造ったという説もあり、道哲が三浦屋の高尾といい仲だったという説もあり、二つとも、取るに足りない説だ、という説もあり。

七十年後の案内だが、延宝の時代も、ほぼこれに変わりはない。

ただ、一点だけ、蛇足をくわえておけば——。

今戸橋から、ひとつ上流の新鳥越橋にかけて、延享のころには川べりに道が作られていて町もでき、山谷堀の範囲はかなり広い。

だが、延宝のころ、この道はなく、待乳山が川べりになだれ込むという地形であった。

つまり今戸橋を渡って左に、船宿は並んでいなかった。もっと上流である。

従って猪牙が着くのは、新鳥越橋の袂からその上流の付近であった。

それはともかく、勘兵衛は日本堤を通り、この日、はじめて吉原の大門をくぐったのであった。

その次の日も、勘兵衛は八次郎を連れて、今度は徒歩で吉原を目指した。

それも早朝である。というより、ほとんど真夜中で、もうすぐ満月になろうかという丸い月が、やや東方に傾いていた。

月明かりがあるから提灯は持たず、八次郎はあくびを嚙み殺しながら歩いている。

実は吉原の大門は、七ツ（午前四時）に開く。

泊まりの客たちは、敵娼《あいかた》と後朝《きぬぎぬ》の別れをして、やがて迎えにきた揚屋の案内で遊女に送られて大門を出る。

そうして明け六ツ（午前六時）までには、すべての遊客が送り出されるのであった。

吉原帰りの小泉を斬るとなれば、そういった情景や雰囲気も頭に入れておく必要があるのだった。

きのうの吉原行きで、勘兵衛は道道を細かく観察しておいた。

すると、見返り柳から大門までの衣紋坂、その間が五十間あることから、五十間道と呼ばれる坂道では、少し無理がある。

というのも、この坂道、わざと曲がりくねって作られて、見通しを悪くしているので都合よく思われるのだが、坂上にも大門のところにも番所があって、騒ぎを起こすことは難しい。

すると、日本堤八町（八〇〇メートル）の間しかない。

それもできるだけ、番所が近い見返り柳から離れたところが好ましい。

きのうのうちに、いくつか、ことという地点は心覚えしておいたが、まだ、決めかねる状態であった。

問題は、直明たちが、いつ大門を出て、どのような手段で山谷堀まで戻るのか、そのあたりが不明なのだ。

要は、ぶっつけ本番ということになる。

勘兵衛たちが大門に着いたのは、まだ夜である。大門も固く閉じられていた。だが門前には、早くも無数の四つ手駕籠が置かれ、駕籠かき人足が、今や遅しと客が出てくるのを待ち受けている。

(駕籠を使うかもしれぬな)

勘兵衛は、そう思った。

「この大門が閉じるのは、たしか夜四ツ(午後十時)であったな」

勘兵衛が尋ねると、八次郎は答えた。

「引けでございますか」

「おう、そう言うのか」

「はい。表向きは夜四ツということになっていますが、潜り門が使えますので、実際に出入りができなくなる時刻は明け九ツ(午前零時)らしゅうございますよ」

「ふうむ、そうなのか」

となると……と勘兵衛は思いを巡らせた。

あるいは、直明だけが泊まり、小泉や丹生が……と考えかけたが、そこまでは杞憂だと思い直した。

やがて門内から、拍子木の音が聞こえてきて、それが合図らしく大門が開いた。

内部は、あかあかと無数の灯明がともされて明るい。ぽつりぽつりと遊客が現われて、ある者は駕籠を雇い、ある者は衣紋坂を上っていく。

その衣紋坂の両側には、編笠茶屋と呼ばれるのが並んでいて、すでに店を開けている。

面体を隠すために武家などに貸した編笠を、返してもらうためだ。

(遊ぶ、というのも、なかなかに苦労が伴うものらしい)

勘兵衛は、そんなことを思った。

そのころになると、きのう、八次郎とともに入った［釣瓶蕎麦］の雨戸が開けられ、軒提灯にも火が入った。

(ほう、ずいぶんと早くから……)

開くものだな、と勘兵衛は感心した。

そのころになると、大門を出る客たちの数も増えてきて、いつの間にか、四つ手駕籠もなくなった。

すると、一人、また一人と［釣瓶蕎麦］に入る客や、沿道の編笠茶屋の床几に腰掛ける者も出てくる。

そのうち、一番に出た四つ手駕籠が駕籠提灯に火を入れたまま戻ってくる。

（なるほどな……）

蕎麦屋で、あるいは編傘茶屋の客は、これを待っていたようである。

そんなふうに半刻ばかりを大門前の観察にあてたのち、

「戻ろうか」

次は、日本堤の様子を見ようと勘兵衛は思った。

衣紋坂を上りながら――。

「あのう……」

八次郎が言った。

昨夜のこと、今朝一番に、再び吉原へ行くと言ったとき、やはり八次郎は、こんな調子で理由を尋ねてきた。

さすがに、なにかある、と感じたのであろう。

「まだ、聞くまいぞ」

勘兵衛は、昨夜と同じ答えを返した。

夜明けまで、まだ半刻、まだ薄明も訪れてはいない。

（さて、この日本堤で……）

まだ大きく傾いた月が、薄明かりを投げているが、決行のときは暗闇の道ということも考えておかねばならない。

そんななか、どうやって、直明の一行を見分ければよいか。

坂を登りきり、見返り柳をあとにした勘兵衛の横を、客を乗せた四つ手駕籠が過ぎていく。

（駕籠のときには……）

その駕籠の速さも計りながら、

（こりゃ、難問だな）

やはり、次郎吉の協力を仰がずばなるまい、と思っていた。

3

その日、弟の藤次郎が町宿を訪ねてきた。

その後の春田久蔵の様子と、聞き取りの結果を報告にきたのだ。

春田は、小康を保っている。

「郡山を発った亥之助のことも、また春田のことも、あちら側は、我が殿を襲撃するための下準備と思っているそうです」

「なるほどな」

それはそうだろう、と勘兵衛は思う。

弟の言う、あちら側とは、本多出雲守政利の一派で、我が殿とは、本多中務大輔政長のことである。

亥之助にせよ、春田にせよ、自分たちが二股をかけていることなど言いはしないだろうし、それでは路銀や支度金なども出るはずがない。

(どこか、間の抜けた話だ)

と、勘兵衛は思った。

「で、あちら側、といっても〈椎の屋形〉の中だけのことですが、下男や婢《はしため》以外に警固の侍が六人ばかり。食客らしいのが山路と春田以外にもう一人、源三郎《げんざぶろう》と名乗る町人がいたというのです」

「町人？」

「そうです。この源三郎、正体のほどは知れませんが、なんでも薬に詳しいらしく、春田が病に苦しんでいる折、ゲンノショウコなど気休めにしかならぬ。テリアカという南蛮渡りの薬がよかろうと思うから、今度、大坂に出る機会があれば、手に入れてきてやるなどと言うたそうで」

「なに、テリアカ」

その薬の名は、つい最近に乗庵から聞いた。

まさに、乗庵が春田に処方した薬であった。

「薬に詳しいとなると……」

「そうなんです」

勘兵衛は斑猫の毒、芫青のことを思い浮かべたが、それは藤次郎とて同じだろう。

「それで、春田から聞き出した源三郎の人相や特徴を国家老に知らせ、例の蜂蜜会所にて、その男の動向を探ろうと思っております」

「うむ。動きがつかめればよいな」

「はい。それから乗庵先生に、テリアカについて聞いてまいりました」

「なにか、わかったか」

「的里亜迦と書くそうです。なんでも長崎の南蛮通詞《つうじ》（ポルトガル語通訳）の家に、一子相伝で伝えられる秘薬だそうで、これを扱っている薬種問屋は、大坂の道修町《どしょうまち》に一軒きりだとか」

「ほほう」

「まだ、はっきりとはいたしませんが、再び大和郡山に入るか、あるいは大坂にまいることになるやもしれません」

「そうか。決まれば、知らせろよ」

小泉長蔵を斬る、などということはおくびにも出さず、勘兵衛は弟を送り出した。

次郎吉の子分が結び文を届けにきたのは、その少しあとである。

さっそく文を開いてみると、そこには金釘流の文字で——。

わか、ぼさんのみにてもどる

と一行きり書かれていた。

（そうか。きょうは〈蓮台院〉さまの命日であったな）

直明は、今月も墓参りに出て、なにごともなく戻ったようだ。

（だが、そろそろ……）

動きはじめるのではないか。

勘兵衛は、しきりにそんな予感がした。

このところ勘兵衛は、昼夜を問わず日本堤を行き来して、きたるべき対決の準備に余念がなかった。

これまでは内緒にしていた次郎吉の協力を、江戸留守居役の松田に明かして、いかなる事態にも対処できるように、計画も練り終わっていた。

あとは、直明が吉原に向かうのを待つだけである。

その日も夜になって、今度は次郎吉本人がやってきた。

その顔色を見ただけで、勘兵衛は自分の予感が当たっていたことを知った。

「舟源」に予約が入りやしたぜ」

日暮れ前、下屋敷から出てきた中間《ちゅうげん》の動きが気になって、あとをつけたところ、それが船宿への使いだったそうだ。

それで、いち早く情報を得たらしい。

「うむ。いつだ」

「へえ、明明後日《しあさって》の二十六日、刻限は八ツ時（午後二時）でござんすぜ」

「すると、夜見世《よるみせ》だな」

「へえ。まちがいなく夜見世のほうで……たぶん、泊まりになりましょう」

そうであろうと、勘兵衛も思った。

このころには、勘兵衛も吉原の仕組みについて、ずいぶんと詳しくなっている。

吉原の遊びは昼と夜との二本立てになっていて、九ツ（正午）に昼見世がはじまり、七ツ（午後四時）には終わる。

夜見世のほうは、六ツ（午後六時）から四ツ（午後十時）まで。だが、それは表向き、実際には吉原独特の計時法で、引け四ツ（午前零時）まで遊べることになっていた。

こういったことから、夜半の九ツ（午前零時）には、必ず自宅にいなければならない旗本や御家人たちは、昼遊びしかできないのである。

その点、一般の武士のほうが自由はきいたが、どこか間が悪いものだから編笠茶屋などというものができた。面体を隠すための、編笠を貸す商売だ。

「そうか。二十六日か……」

（二十六夜待ちの日だな）

　と勘兵衛は思った。

　この夜は、月の出が非常に遅い。深更も過ぎ、日が替わった八ツ（午前二時）ごろになって、やっと出てくるということもある。

　これを待つ風習があって、江戸ではこれが遊興になっている。

（昨年は……）

　大野藩下屋敷から近い高輪海岸は、二十六夜待ちの名所であった。

　そこに昨年の直明は、多数の踊り子や、仮装させた幇間などを引き連れて遊び、悪い噂を立てられている。

（で……今度は、吉原か）

　それが次期の藩主かと思うと、情けなくもなる。

　えらい日を選んでくれたものだ、と勘兵衛は気づいた。

（しかし、また……）

　二十六夜待ちの月は、か細い逆三日月であった。

　すると長蔵との対決は、ほとんど暗闇の中でおこなわれる、と考えねばならない。

（いや、かえって、そのほうがよいかもしれぬ）

勘兵衛は、逆のことも考えた。

直明を人目につかぬように連れ帰るには、闇夜のほうが都合がいい。

勘兵衛は、次郎吉に向かった。

「いや。まことにご苦労でござった。では、当日は、打ち合わせどおりに、よろしくお願いする」

「へい。まかせておくんなさい。人数も、ぐんと揃えておきましたし、忘八者にも話は通してござんすからね」

勘兵衛のほうでは、八次郎を連れて行くつもりだが、これは員数外と考えたほうがよい。のちのちのためにも、経験を積ませてやろうくらいの気持ちであった。

江戸留守居役の松田は、自分の用人と若党を連れてくるそうだ。その用人とは八次郎の父で、若党というのは兄であった。

松田は、そのほかに、自分の目で選んで数人の藩士を連れて行くつもりだ、とも言った。

あまり人数が多いのも……と勘兵衛は思ったのであるが、松田はこう言った。

――ことは迅速に、運ばねばならぬ。そなたの腕を疑うわけではないが、もし、丹生新吾が手向かいでもしたら、どうなろうか。

丹生は、風伝流の槍の遣い手であった。

――そのとき丹生には、その者たちを向かわせる。残りは左門君を包み込んで、用意の駕籠に放り込む。そなたは心おきなく小泉長蔵に当たれ。

勘兵衛は、そう言う松田の顔を立てることにした。

小泉長蔵の剣の腕はわからぬが、勘兵衛は小泉を相手に、尋常の勝負を挑むつもりはない。

ただ、ひとこと。

〈小泉長蔵、不忠をもって成敗いたす！〉

名も名乗らず、それだけを言って、瞬時で斃すつもりでいる。その自信はあった。

次郎吉が去ったあと、勘兵衛は愛宕下の松田のもとへ急いだ。

4

伊波利三から、若殿付小姓組頭の役を奪った丹生新吾だが、そこには裏の事情があった。

新吾の父は文左衛門といって、物頭二百石の家の妾腹に生まれた。正妻には子が生まれなかったから、そのままいけば家を継ぐはずであった。

ところが正妻が病死して、再婚の妻が嫡男を生んでしまった。

そこで文左衛門には五十石が分け与えられて、分家となったのである。

そんな文左衛門に、接近した男がいた。

小泉長蔵である。

若殿付家老から、そのまま家老に滑り込もうともくろむ長蔵は、なんとしても、若殿の歓心を引いて、信頼を勝ち得ておきたかった。

だが、その若殿の側近に伊波利三がいて、これが障害になりそうであった。

事前にその障害を取り除けぬものかと熟慮した結果、丹生文左衛門に目をつけたのである。

文左衛門の倅の新吾は、伊波利三とともに若殿の小姓であった。

長蔵は、自分が家老になった暁には、という出世の手形を与えて、文左衛門を籠絡する。

こうして新吾は、父から、伊波追い落としの密命を受け取る。

この工作は、たやすかった。

正義感の強い伊波は、若殿の暴走を抑えようとして、ときおりは険悪な空気も流れた。それを新吾が、なだめながらやってきた。

それを方向転換するだけでよい。新吾が若君のがわにつくだけで、伊波は不興を買い、ついに自ら辞任を申し出て故郷へ戻った。

勘兵衛も伊波自身も知らぬことだが、そのような、いきさつがあったのだ。

その丹生新吾が、不審な動きをした。

それを知らせてきたのは、やはり次郎吉であった。きのうの、きょうである。

「なに、小姓が一人で吉原に行っただと」

「へい。先月に、若様と一緒に吉原へ向かった、あの若侍でござんすよ」

(丹生だ……)

勘兵衛は思った。

「いったい、どういうことだ……」

「そいつが俺にもわからねぇもんでね。やはりお耳に入れておこうと、めぇりやしたわけで。実は、きょうの五ツ半（午前九時）くれぇに、一人で屋敷から出てきたんでござんすが……」

次郎吉は、子分の為五郎《ためごろう》というのに、さっそくあとをつけさせた。

すると、向かった先が吉原だったという。

「へい。揚屋町の例の［花駒屋］へ上がったそうで、為は、さては一人遊びにきたかと思ったそうですが、そいつがどうも……」

「ちがったのか」

「そうなんで。ものの小半刻もたたずに［花駒屋］を出てくると、さっさと大門を出たそうでござんすよ」

「ほう……？」

「で、戻りは山谷堀から二挺櫓の猪牙で、為が見届けたのは、そこまででござんすが、その御小姓は、昼時にはたしかにお屋敷に戻ってめぇりやしたぜ」

「うーむ」

いったい、丹生はなにをしに吉原へ行ったのか。考えをこらしても、わからない。

「まあ、考えられるとすれば、前もって〈藤なみ〉を押さえに行ったのかもしれねぇな。めったにねぇことだが、かっちんこ、ということもありやすからね」

「なるほど……」

かっちんこ、とは一人の遊女を巡って、馴染み客が重なることなのだろう、と勘兵衛は思った。

「ま、なんの用だったか、調べる手が、ねえわけじゃねえ。どういたしやすか」

「そうだなぁ」

勘兵衛はしばし考えた。

だが、丹生がきょう吉原まで出向いたのは、あさっての打ち合わせだった、と考えるのが妥当であろう。

「いや。もう日数もない。かえって怪しまれてもいかんので、あさって、いや明明後日か、そこにすべてを傾注しよう」

「合点承知」

二十六日に登楼した小泉長蔵を斬るのは、明けて二十七日、後朝の別れののちの、日本堤となるはずであった。

5

ついに、二十六夜待ちの日がきた。

勘兵衛は、その日の昼過ぎに八次郎とともに猿屋町の町宿を出て、山谷堀をめざした。

昨夜に、今回の計画を聞かされた八次郎は、妙に肩をとがらせて、いきんだ表情で歩いている。

「そう、固くなるな」

「固くなど、なっておりませぬ」

その声まで、こわばっていた。

およそ半刻のち——。

「ここだな」

勘兵衛は、山谷堀の［麓屋《ふもとや》］という船宿の看板を見上げた。

どのような伝手かは知らぬが、明日の昼まで、江戸留守居役の松田は、この船宿を、まるまる借り切ったのである。

「義経《よしつね》と申す」

玄関を入って勘兵衛が言うと、女将らしい年増女が、

「はい。お上がりくださいませ」

言って、二人を二階へと案内した。

義経、というのは偽名ではない。きょう、この船宿へ入るには、この符牒を言わねば、「本日は貸し切りになっておりまして」と断られることになっていた。

女将が案内した二階座敷は二十畳ほどの大座敷で、そこにはすでに、松田の用人の新高陣八《じんぱち》、若党の八郎太《はちろうた》の二人が先着していた。

これに八次郎をくわえると、父子三人が揃ったことになる。

「松田さまは？」

「厠でございます」

「ああ、そうですか」

やがて、松田もやってきた。

「おう、きたか」

「はい」

「うむ。昼飯は食うたか」

「すませてまいりました」

「そうか。なに、時間はまだまだ腐るほどある。各自、楽にいたせ」

言うと松田は、ごろりと横になった。

「他の者たちは、いつごろまいりましょうか」

「夕飯をすませてから、ゆっくりこいと言うておいた。なに、三人だけだ。ここの〈きりぎりす〉が汐留橋まで迎えに行くから、到着は四ツ（午後十時）くらいになろう。それまでは我ら五人だけじゃ」

「なんですか、その〈きりぎりす〉というのは?」

「なんじゃ、知らんのか。屋形船のことじゃよ」

「ははあ」

ということらしい。

それにしても、いろんなことを知っている老人であった。

もっとも江戸留守居役というお役柄――。

案外に、この吉原でも、よく遊んでいるのではないか、などと勘兵衛は思った。

「で、駕籠のほうは、どういう具合になっておりますか」

とにかく若殿の直明のほうは、皆で取り囲んだのちは、縛ってでも駕籠に放り込み、そのまま愛宕下の上屋敷に連れ帰る計画になっていた。

松田は横たわったままで、

「おぬしも心配性じゃのう。うんうん、駕籠はな。わしの駕籠を使うが、この船宿にはこん。二十六夜の月が出るころ、おぬしの言うたとおり、袖振稲荷の境内で待機することになっておる」

すると、明け八ツ(午前二時)ごろということになるが、いや、この松田の泰然自若ぶりは、かなりのものであった。

それで勘兵衛も、気張っているのがばからしくなってきて、

「おい、八次郎、おまえものんびり横になれ」

言うと勘兵衛も、畳に大の字になったものだ。


さて、それより幾ばくかの刻が流れ――。

〈よきこときく〉の判じ物模様の小袖に朱塗りの笠、といった揃いの出で立ちの三人連れを乗せた舟は、甲府御浜屋敷の沖合海上を、舳先を北東に向けて進みつつあった。

その舟上で、笠からも長く顎が突き出している男が言った。

「梶川どのは、おなごをはずさせたことがございましょうか」

すると、梶川と呼ばれた男が答えた。

「おなごを、はずさせる？　どういう意味じゃ」

「はは……おなごが、はずす、というは、下世話に申せば、気をやる、とも申します」

「おう、叫春《きょうしゅん》のことか」

「ま、似たようなものでございます。ほかにも、いく、とか、よがる、とか、落ちる

などとも申しますがな」

「うんうん、死ぬ、ともいうのであろう」

梶川と呼ばれた男は言い、少し間をおいてから、

「まあ、ないではないぞ」

と答えている。たぶん見栄だ。

「さようでありましょうとも。しかしながら、相手が格子ともなれば、これはなかなかの強者《つわもの》でございますからな。これを見事に、はずさせたとなると、まさに男子の本懐、今宵の夜《よ》いくさでは、ぜひにも勇んでみられませ」

「うむ。そうよのう。ひとつ、腕によりをかけようぞ」

などと、能天気な話をしておった。

それを聞きながら、もう一人の若侍は、笠の陰で、ひっそりと笑っていた。

この若侍、きのうのうちに揚屋に行って、大枚十両の金を包んできたのである。

今宵〈藤なみ〉は、大いにはずしてみせること、必定であったのだ。

吉原の怪

1

襖の向こうから、船宿の女将の声がした。

「玄関に、弁慶さまがお見えです」

勘兵衛は飛び起きると、

「すぐにまいる」

と答えている。

義経、が勘兵衛たちの符牒であり、弁慶、は次郎吉と、その手の者の符牒となっている。

——義経とくれば、弁慶じゃ。そういうことにしよう。

と、これを決めたのは松田であった。

なんだか、楽しんでいるようでもある。

玄関の土間で待っていたのは、たしか、善次郎という名の男であった。

走ってできたのだろう。額に汗が光っている。

「苦労をかけるな」

勘兵衛が、ねぎらうと、

「とんでもねえ。ええっと、以前と同じく三人《みつたり》が、芝の浜から船出をいたしやした で、ござえます」

「おう、そうか」

「そんでもって、本日の身繕いはと申しまするに、〈よきことときく〉の判じ模様に朱塗り笠、おっつけ……ええと、ご上陸の……、ええと……」

「いや、わかった、わかった、ご苦労であったな。こののちも、こまめに連絡を頼むぞ」

ことば遣いに気をつけようとして、善次郎は、かえって目を白黒させはじめたようである。

座敷に戻って、勘兵衛は、このことを告げた。

「そりゃわかりやすうて助かるが、ふむ……、ありゃ、女《おなご》が好んで着る柄ではないか」

松田が起き上がって、眉をひそめた。

背に斧《よき》と琴を大きく描き、腰から裾にかけて菊の花を散らした絵柄が〈よきことく〉なのである。

「わたしが見張ります」

言って八次郎は、窓辺に向かった。

この二階座敷から、山谷堀の行く舟、来る舟が、手に取るように見通せる。そのような座敷を選んでいたのだ。

それからしばらく——。

「あ、あれではないでしょうか」

八次郎の声に、勘兵衛は立った。

少し障子を寄せて、気づかれぬように、そっと見た。

「うん。あれだろう」

川下から上ってくる舟に、朱の笠が三つ。小袖もそれらしいが、残念ながら見下ろしているため、顔までは見えぬ。

松田も、新高陣八も、新高八郎太もやってきた。

舟は右から左に通りすぎ、新鳥越橋の少し手前で岸に寄せた。

松田が言う。

「桟橋に上がるときに、笠を上げよう。そのときじゃ」

五人の目が、桟橋に集中した。

まず一人目が、舟を下りた。

「まちがいなく、丹生新吾です」

その丹生は、油断なく周囲を確かめたのち、舟に手をさしのべた。

「おう、左門だ」

言う松田に、

「あれが、若様……」

つぶやくように八次郎が言う。

これはやむを得ぬことだが、八次郎だけが舟の三人を初めて見るのであった。

最後の一人が、桟橋に移る。

(おう、小泉長蔵)

勘兵衛は、小泉が江戸着任の挨拶に上屋敷へきたときに会ったし、この四月、参府してきた藩主へ挨拶にきたときにも会っていた。

なにはともあれ、まちがいなく三人を確認できた。

それから四半刻（三十分）もたたぬうちに、別の弁慶が、一行が揚屋町の［花駒屋］に入ったことを知らせにきた。

すると松田は、

「そうか。すると、しばらくは芸者でも呼んで酒宴になろう。少し早いが我らも夕食にいたそう」

やはり、松田は詳しそうだ。

「それぞれに小部屋を用意しておるので、食事ののちは、仮眠でもとればよい。どうせ今宵は徹夜になろうからの」

みんなで夕食をとっているうちに、暮れ六ツの鐘が鳴った。窓外には暮れなずんでいく川向こうの町があった。

櫓の音、人の声が、だんだんに増えている。これからが、吉原がいちばん賑わう時間になるのだろう。

あてがわれた小部屋で横になっていると、また弁慶がきたと知らせてきた。

玄関に下りると、次郎吉だった。

「つい、さっき、お三人は、［引船屋］に揚がりましたぜ。敵娼は、やはり〈藤なみ〉でござんした」

「おう、そうか」

「打ち合わせどおりに、二人は閉門まで残しておきやした。なにかあれば、お知らせをするでしょうが、他の者たちは、あっしと一緒に帰らせていただきやす」

「わかった。すまなかったな」

「じゃ、そういうことで……。明日は、お声はおかけしやせんが、開門前には必ずまいって、手はずどおりにいたしやす」

「頼んだぞ。あ、これは些少だが、みんなに酒でも飲ませてやってくれ」

勘兵衛は、準備していた金包みを渡した。

「こりゃ、どうも、恐れ入りやす。へえ、みんな喜びましょう」

帰っていった。

明日は、二人ほどが開門と同時に大門に入り、残りは大門前で見張る態勢になっていた。

みんなそれぞれに、赤提灯を準備していて、駕籠にせよ、徒歩にせよ、その赤提灯でもって目印とする、という手はずであった。

勘兵衛は階段を上り、松田の部屋の前に立った。

「松田さま」

眠っているかもしれぬな、と思いながら小さく声をかけた。

「おう、入れ」

襖を開くと、眠っているどころか松田は、小机に向かって、なにやら書き物の最中であった。

やはり、多忙なのだ。

次郎吉の報告を伝えた。

「そうか。順調に運んでおるな。今は、何時《なんどき》ごろだ」

「六ツ半（午後七時）は過ぎた、と思われますが」

「そうか。じゃ、今度は〈藤なみ〉の部屋で宴会じゃな。床入りは四ツ（午後十時）を過ぎてからであろう」

そうとうに、詳しい。

2

松田が言った四ツを、かなり過ぎたころ――。

松平直明は、〈藤なみ〉に重なり、汗みずくになっていた。

いくら秋とはいえ、まだ暑さの残るこの時期に、夜具は紅錦《べににしき》の厚い綿入りが三枚重ねだ。それを隅の置き行灯が妖しく照らし、遊女の肌を、いやが上にも白く際だたせている。

「う……」

〈藤なみ〉が眉根を寄せて、なにやらうめいた。

（お……！）

それを見て、直明は動きを速めた。

「うっ、うっ、うっ」

うめきの声も、高まってくるが、〈藤なみ〉は赤い唇に半紙を咥えていて、今にもそれを食いちぎらんばかりに、歯を嚙みしめている。

それでも、声が漏れるのであった。

直明は、ここを先途《せんど》と責め立てた。

すると――。

「あっ、あっ、あー」

〈藤なみ〉は大きく口を開いて叫ぶなり、二の腕を直明の首に絡めてきた。

〈藤なみ〉の口から、白い半紙がほどけるようにこぼれ、次に〈藤なみ〉の全身から力が抜けた。

（おう！）

直明は、したたかに放ちながら、

（はずした。みたか。はずしよったぞ！）

心に快哉を叫んでいた。

さて、〈藤なみ〉の、その声を――。

〈藤なみ〉の妹女郎を抱きながら、続き部屋で小泉長蔵は聞いていた。

にやりと笑う。

また、別の小部屋でも、丹生新吾がそれを聞いていた。

「あれ、あのような声を……姉さまでありんすかいなぁ」

新吾に組み敷かれている、妹女郎が言った。

それに対して新吾は、

「我らも、はげもうぞ」

などと言っている。


それから刻は流れ、引け四ツの拍子木もとうに鳴って、八ツ（午前二時）の大引けの拍子木が鳴ると、吉原の町は完全に眠りに入る。

もっとも直明など、酒もたっぷり入ったうえに、ずいぶんと頑張りもしたので、早くから眠りこけている。

聞こえてくるのは、猫の声ばかり。

と――。

息苦しさを覚えて、直明は、ふと目を覚ました。真っ暗闇である。

動こうとしたが、なぜか、身体が動かぬ。

（悪夢か……）

と思ったとき、

「松平直明どの……」

不気味な声がした。

何者だ、と言おうとしたが、口になにやら噛まされているらしく、声が出ない。

「騒がれるな。騒ぐと、あなたさまのお立場がなくなりますぞ。大名の嫡男だということをお忘れか」

叱咤するように言われて直明は、これは夢などではない、とようやく認識した。

すると、何者かが、自分に跨がっているようだと気づいた。

「決して騒がれるな。わかったか」

念を押してくるのに、直明はうなずいた。

「我は、忍び目付の服部源次右衛門《はっとりげんじえもん》と申す者、この名をご存じか」

（なんじゃと！）

直明は驚愕した。会ったことはないが、聞いたことはある。

（おのれ！）

家来の分際で、と怒りが湧いてきた。

だが、黒い影は、思いがけぬことを言った。

「大殿の命《めい》にて、小泉長蔵も丹生新吾も、つい今し方に成敗してきたばかり」

（な、なにぃ。まことか……）

「いかに若殿とはいえ、我が藩を危うくする所業は許しがたし。場合によっては、そのお命を頂戴いたす所存」

（な、なんだと……）

直明は震え上がった。

さらに小さいが、よく届く声が続いた。

「続き部屋にて、小泉も、丹生も冷たくなってござる。嘘か、真《まこと》か、その目で確かめられるか」

わずかに動く首を、直明は横に振った。

「さようか。ではこの口枷をお解き申そうが。決して騒がれるではない。騒げば、こばかりか江戸じゅうにも噂は広がり、もう将来はござらぬぞ。あいわかったな」

動転しながらも、服部の言うことは理解できた。

すると、自分はどうなるのだ。

廃嫡か？　いや悪くすれば切腹か？　待ってくれ！　助けてくれ！　おまえの言うとおりにする！

まっ黒になっていく頭の中で、直明は叫んでいた。

そうなれば一生が笑いものだ。それくらいなら腹を切ってやる、と思う。

直明がうなずいたのを見たか、ふっと黒い影が消えた。知らぬ間に口枷もはずされ、身を覆っていた重さも消えた。

そっと隣りを確かめると、〈藤なみ〉はなにも気づかず寝息を立てている。

そこに――。

「されば、これより、我が指示にて、ここより若殿を脱出させる。大門が開くは、まもなくぞ」

前とはちがう、どこか遠いところから届くような声になっていた。

「騒ぎが起こるまでに、ここを出るのじゃ。枕元に着衣を用意しておる。まずは、それに着替えられよ。隣り座敷に灯をともしておいた。女郎を起こさぬように気をつけられよ」

ようやく我に返った直明が、そっと布団を出て手探りすると、たしかに包みが置かれていた。

それを手に、昨夕に宴会をした座敷に移る。置き行灯に火が入っていた。

そこへまた、声がする。

「あまり時間がない。手早く着替えられよ」

包みの中は、水色の微塵格子《みじんこうし》の単衣《ひとえ》に、白い帯が一本。深編笠がひとつ。

（さて……？）

言われるがままに身繕いをしながら、直明は、はたと困った。

腰の大小だ。［花駒屋］に預けたままだ。

刀は、揚屋に預けるのが決まりになっている。

直明は知らないが、揚屋の内証には、天井まで届く刀掛けがあって、そこに架けられている。

まるで直明の困惑を読んだように、声がした。

「お腰の物は、ご心配なさるな。すでに吉原の外へお運び申した」

もう怒りなど、はるか彼方に飛び散って、直明は畏怖さえ覚えている。

（小泉と丹生の二人を、声も出させず殺したうえに……）

忍びはおそろしい、と心底思った。

3

それより少し前、勘兵衛たちは［麓屋］を出て、日本堤にいた。

この土手道の両側は田圃地で、のちには東側に今戸町ができ、西側には田町というのができる。

さて日本堤から土手下に繋がる道は、見返り柳まで、東に四本、西に三本の七カ所である。

勘兵衛が待ち伏せの場所として選んだのは、東側の二本目で、ちょうど袖摺稲荷のあたりを反対側に下る道のところだった。

八次郎と兄の八郎太の二人を、もう一本先の東への下り道のところで見張らせ、ここには新高陣八を配しておいた。

昨夜のうちにやってきた三人の藩士は、目付筋であった。かれらと、松田と勘兵衛の五人は、堤の下で待つ。

九人もの人間が堤にいると、目立つためこうした。

先に行った八次郎と八郎太の地点からは、堤下で道が繋がっているので、連絡はしやすい。目印の赤い提灯が見えたら、八次郎が走って知らせてくることになっている。

「お気をつけて」

勘兵衛は、松田の足下に提灯の明かりを差し出した。

「年寄り扱いをするでない」

と松田は言う。

堤を下った道は、右側に正円寺《しょうえんじ》、左は材木置き場となっている。

材木置き場のところに、一本の大木があって、五人はそれに身を寄せた。

黒ぐろとした西空に、細い三日月が光っている。

「勘兵衛、ちと話がある」

松田が言った。

「はい」

「うん」

と松田はうなずくと、

「そなたらは、そこで待て」

三人の藩士に言うと、松田は歩きはじめた。

(はて……)

勘兵衛は、いぶかりながらも、あとを追った。

松田は寺塀の角を曲がり、正円寺の寺門に入っていく。

もちろん、扉は閉まっている。

「ここじゃ」

「はあ」

首をひねった。

そのときである。

どこからか声が降ってきた。

「落合勘兵衛どの……」

（や……！）

大声ではないのに、その風に乗って運ばれてくるような声には覚えがあった。

「久方ぶりじゃの。覚えておられるか」

「服部源次右衛門さま……」

あれは、忘れもしない三年前のことであった。

故郷の国境に近い坂戸村で、父に向けられた刺客と闘ったあと、どこからか飄然と現われて、大目付の伝言を伝えた人物である。

「まず、お伝えする。小泉長蔵、丹生新吾の二人は、仲良く黄泉《よみ》の国へと旅立たれた」

「なんと！」

危うく大声で叫びそうになるのを、かろうじて抑えた。

「ともに、首の骨を折ってのことだから、騒ぎになるのは、まだ先のことになろう」

（さては……！）

ようやく気づいて、勘兵衛は松田のほうに提灯を差し出した。

松田は、何食わぬ顔で、そっぽを向いている。

（この、狸親父めが）

声は続いている。

「若殿様は、大門が開くとすぐに出てまいろう。衣服が替わっておる。深編笠に水色微塵格子の小袖、それに白帯に無腰でござる。それを目当てに迎えにまいられよ」

「無腰……」

「さよう。若殿、小泉、丹生の大小と、揚屋に預けておった財布などは、まとめて引き上げてまいった。これから下ろすほどに、受け取られよ」

次には、細引きに吊るされた投げ網状のものが、するすると寺門の上から、目前に下りてきた。

「松田さま！」

両手に余る荷物を抱え、勘兵衛は言った。

「すまぬ、すまぬ。敵を欺くには……というのではないが、このほうが左門には、よほど苦い薬になろうと思うてな。まあ、許せ」

素直に謝られてしまうと、それ以上は、ごねられぬ。

（またも、たばかられたぞ）

勘兵衛は、唇をとがらせたが、こののち松平直明の行状が改まったところを見ると、松田の処置が正しかったと認めざるを得ない。

4

松平直明が、上屋敷に暮らすようになって、はや、一ヶ月が過ぎた。

その間に、春田久蔵は静かに息を引き取っている。

さる日——。

勘兵衛は日高と藤次郎とともに、亀井戸村の小寺に春田を葬ってきた。

さて、その後の吉原では……。

次郎吉の報告によると、一時は大騒ぎであったそうな。

それは、そうだろう。

二人の武士が、布団の上で首の骨を折って死んでいた。しかも隣りに寝ていた女郎は、なにも気づいていない。

格子女郎についていた主客のほうは、煙のごとくに消え去っている。

消え去ったのは、人間だけではない。

揚屋で預かっていた懐のものも、大小あわせて六振りの刀剣も消え去ったのだ。

これでは、身許の探りようもない。

騒ぎが大きくならぬようにと、吉原七町の町年寄たちが頭を寄せ合って相談の結果、吉原には箝口令《かんこうれい》が出されたそうだ。

だが、これはのちのちまでも、〈吉原の怪〉として、語り継がれることになる。

——いったい、どういう仕掛けでござんすかい？

次郎吉は、そう尋ねてきたが、

——さて、俺にもとんとわけがわからぬのだ。

勘兵衛は、首をひねってみせるしかなかった。

吉原で変事があった、あの早朝、吉原の大門には、三人の目付筋が直明を迎えに行っている。

次郎吉たちは、そこで見張っていたのだが、服装を替え、深編笠をかぶった直明に気づいていない。

首をひねって見せた勘兵衛に、

――ほんとですかい。

次郎吉は、からかうような声を出したが、それ以上は尋ねようとはしなかった。

だから、〈吉原の怪〉の真相を知るのは、松田と勘兵衛、それに当の松平直明に、忍び目付の服部源次右衛門だけである。

だが、ひとつだけ勘兵衛にはわからぬことがあった。

(どうも、平仄が合わぬな)

直明は源次右衛門の声に導かれ、〈藤なみ〉の部屋を抜け出し［引船屋］を脱出し、大門へと向かっている。

だが、同じころ服部源次右衛門は、正円寺で勘兵衛に話しかけていた。

どう考えてもおかしい。

(すると……)

松田に問うてみた。

――服部源次右衛門どのは、二人おりますのか。

ハハハと笑ったのちに、

――いや、聡いやつじゃ。

とだけ、答えた。

当たったらしい。

しかし……。

それで勘兵衛がすべてを納得したわけではない。

じっくり考えている。

松田がなぜ、あんな手を使ったのか？

自分は小泉を斬るつもりだった。しかし松田は、それをさせなかった。

忍びを使ってまで小泉と丹生を葬ったのは、俺の手を汚させたくなかったからだろう。多分――。

だが、それだけではあるまい。

目付筋でもない俺が、君命もなく小泉を斬っていたら、上司の松田にも累が及ぶ。

松田自身の保身を考えるとやはり、俺を使うことはできなかった。

そうにちがいあるまい。

勘兵衛は、松田のしたたかさに舌を巻いた。

そして――。

小泉長蔵と丹生新吾の二人は、無縁仏として、ひっそり処理された。墓のありかもわからない。

一方、越前大野藩として――。

二人は、失踪と処理された。

無断にて姿を消したること、不届きにつき、と近く両家には、お咎めが出ることになっている。

また直明付きの小姓たちは、全員が職を解かれて越前大野に戻っていった。

勘兵衛には、なぜか、やるせない気持ちだけが残った。

さて――。

『土芥寇讎記《どかいこうしゅうき》』（幕府隠密による大名評判記）によれば、松平直明の変貌を次のように伝えている。

（前略）美女あまた抱集して淫乱に長じ、かつ舞曲を好くが、これはいまは停止《ちょうじ》す。（中略）上を恐れ、身を大事と心得られけるや、右の作法ことごとく直り、実体に勤仕し、人柄格別によくなり、心ざしもよくなりたまふと言えり。

［余滴《おまけ》……本著に登場する主要地の現在地］

［能役者町並屋敷］　三田二丁目ハンガリー大使館付近

［鹿島神社］　芝四丁目一五番地に現存

［大和郡山藩抱え地］　大島二丁目九番地付近

［春駒屋］　千束四丁目三一番地付近

［麓屋］　浅草六丁目小松橋通りと吉野通りの交差点付近

時代小説

二見時代小説文庫

刺客《しきゃく》の爪《つめ》 無茶《むちゃ》の勘兵衛《かんべえ》日月録《じつげつろく》5

著者 浅黄《あさぎ》 斑《まだら》

発行所 株式会社 二見書房
東京都千代田区神田神保町一-五-一〇
電話 〇三-三二一九-二三一一［営業］
〇三-三二一九-二三一五［編集］
振替 〇〇一七〇-四-二六三九

印刷 株式会社 堀内印刷所
製本 ナショナル製本協同組合

落丁・乱丁本はお取り替えいたします。
定価は、カバーに表示してあります。

ISBN978-4-576-08019-2
http://www.futami.co.jp/

山峡の城　無茶の勘兵衛日月録

浅黄　斑［著］

藩財政を巡る暗闘に翻弄されながらも毅然と生きる父と息子の姿を描く著者渾身の感動的な力作！本格ミステリ作家が長編時代小説を書き下ろし

火蛾の舞　無茶の勘兵衛日月録2

浅黄　斑［著］

越前大野藩で文武両道に頭角を現わし、主君御供番として江戸へ旅立つ勘兵衛だが、江戸での秘命は暗殺だった……。人気シリーズの書き下ろし第2弾！

残月の剣　無茶の勘兵衛日月録3

浅黄　斑［著］

浅草の辻で行き倒れの老剣客を助けた「無茶勘」こと落合勘兵衛は、凄絶な藩主後継争いの死闘に巻き込まれていく……。好評の渾身書き下ろし第3弾！

冥暗の辻　無茶の勘兵衛日月録4

浅黄　斑［著］

深傷を負い床に臥した勘兵衛。彼の親友の伊波利三は、ある諫言から謹慎処分を受ける身に。暗雲が二人を包み、それはやがて藩全体に広がろうとしていた。

仕官の酒　とっくり官兵衛酔夢剣

井川香四郎［著］

酒には弱いが悪には滅法強い！　藩が取り潰され浪人となった官兵衛は、仕官の口を探そうと亡妻の忘れ形見・信之助と江戸に来たが…。新シリーズ

ちぎれ雲　とっくり官兵衛酔夢剣2

井川香四郎［著］

江戸にて亡妻の忘れ形見の信之助と、仕官の口を探し歩く徳山官兵衛。そんな折、吉良上野介の家臣と名乗る武士が、官兵衛に声をかけてきたが……。

二見時代小説文庫

初秋の剣 大江戸定年組

風野真知雄［著］

現役を退いても、人は生きていかねばならない。人生の残り火を燃やす元・同心、旗本、町人の旧友三人組が厄介事解決に乗り出す。市井小説の新境地！

菩薩の船 大江戸定年組2

風野真知雄［著］

体はまだつづく。やり残したことはまだまだある。引退してなお意気軒昂な三人の男を次々と怪事件が待ち受ける。時代小説の実力派が放つ第2弾！

起死の矢 大江戸定年組3

風野真知雄［著］

若いつもりの三人組のひとりが、突然の病で体の自由を失った。意気消沈した友の起死回生と江戸の怪事件解決をめざして、仲間たちの奮闘が始まった。

下郎の月 大江戸定年組4

風野真知雄［著］

隠居したものの三人組の毎日は内に外に多事多難。静かな日々は訪れそうもない。人生の余力を振り絞って難事件にたちむかう男たち。好評第4弾！

金狐の首 大江戸定年組5

風野真知雄［著］

隠居三人組に奇妙な相談を持ちかけてきた女は、大奥の秘密を抱いて宿下がりしてきたのか。女の家を窺う怪しげな影。不気味な疑惑に三人組は…。待望の第5弾

逃がし屋 もぐら弦斎手控帳

楠木誠一郎［著］

隠密であった記憶を失い、長屋で手習いを教える弦斎。旧友の捜査日誌を見つけたことから禍々しい事件に巻き込まれてゆく。歴史ミステリーの俊英が放つ時代小説

暗闇坂 五城組裏三家秘帖

武田櫂太郎［著］

雪の朝、災厄は二人の死者によってもたらされた。伊達家六十二万石の根幹を蝕む黒い顎が今、口を開きはじめた。若き剣士・望月彦四郎が奔る！

憤怒の剣 目安番こって牛征史郎

早見俊［著］

直参旗本千石の次男坊に将軍家重の側近・大岡忠光から密命が下された。六尺三十貫の巨躯に優しい目の快男児・花輪征史郎の胸のすくような大活躍！

影法師 柳橋の弥平次捕物噺

藤井邦夫［著］

南町奉行所吟味与力秋山久蔵と北町奉行所臨時廻り同心白縫半兵衛の御用を務める岡っ引、柳橋の弥平次の人情裁き！ 気鋭が放つ書き下ろし新シリーズ

祝い酒 柳橋の弥平次捕物噺2

藤井邦夫［著］

岡っ引の弥平次が主をつとめる船宿に、父を探して年端もいかぬ男の子が訪ねてきた。だが、子が父と呼ぶ直助はすでに、探索中に憤死していた……。

夏椿咲く　つなぎの時蔵覚書

松乃 藍［著］

父は娘をいたわり、娘は父を思いやる。秋津藩の藩金不正疑惑の裏に隠された意外な真相！鬼才半村良に師事した女流が時代小説を書き下ろし

桜吹雪く剣　つなぎの時蔵覚書2

松乃 藍［著］

藩内の内紛に巻き込まれ、故郷を捨て名を改め、江戸にて貸本屋を商う時蔵。春…桜咲き誇る中、届けられた一通の文が、二十一年前の悪夢をよみがえらせる…

日本橋物語　蜻蛉屋お瑛

森 真沙子［著］

この世には愛情だけではどうにもならぬ事がある。土一升金一升の日本橋で店を張る美人女将が遭遇する六つの謎と事件の行方……心にしみる本格時代小説

迷い蛍　日本橋物語2

森 真沙子［著］

御政道批判の罪で捕縛された幼馴染みを救うべく蜻蛉屋の美人女将お瑛の奔走が始まった。美しい江戸の四季を背景に人の情と絆を細やかな筆致で描く第2弾

まどい花　日本橋物語3

森 真沙子［著］

〝わかっていても別れられない〟女と男のどうしようもない関係が事件を起こす。美人女将お瑛を捲き込む新たな難題と謎…。豊かな叙情と推理で描く第3弾